입맛대로 살아볼까

입맛대로 살아볼까

초판 1쇄 인쇄 2022년 8월 3일
초판 1쇄 발행 2022년 8월 8일

지은이 편채원
책임편집 하진수
디자인 그별
펴낸이 남기성

펴낸곳 주식회사 자화상
인쇄,제작 데이타링크
출판사등록 신고번호 제 2016-000312호
주소 서울특별시 마포구 월드컵북로 400, 2층 201호
대표전화 (070) 7555-9653
이메일 sung0278@naver.com

ISBN 979-11-91200-62-1 03810

ⓒ편채원, 2022

입맛대로 살아 볼까

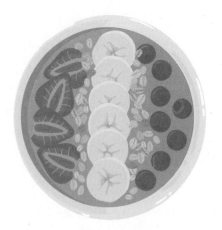

편채원 지음

자화
상

감정으로
배부른 요리

솔직히 저는 음식을 만드는 것보다는 먹는 것에 더 자신 있습니다. 요리 지식에 관해서는 문외한에 가깝고요. 소위 '요(리)똥(손)'이라고 하지요. 다만 '먹는 즐거움'을 알고, '먹는 행위'를 사랑하는 사람으로서 한 번쯤 음식에서 비롯된 다양한 감정을 풀어내고 싶어 이 글을 쓰게 되었습니다.

음식, 요리, 먹는 행위, 그에 따른 부수적인 과정까지 주린 배를 채우는 일은 그리 간단하지 않습니다. 거창하게 요리라고 할 것도 없이, 나 혼자 간단하게 먹을 밥 한 끼조차 차려내는 데 적지 않은 품이 듭니다.

식사를 마친 후 남은 잔해들은 또 어떤가요. 그렇다고 오늘의 뒷정리를 내일로 미루는 것은 금물이지요. 내일의 내가 고생하는 것은 물론이거니와 달갑지 않은 날개 달린 손님들까지 추가로 처리해야 하니, 귀찮아도 오늘 당장 부엌을 정리하는 것이 현명합니다. 어느 날 설거지하다 문득 이런 생각이 들었습니다.

'부모님이 손수 차려주신 밥상, 자취생이 대충 때우는 끼니, 신혼생활의 묘미인 야식까지 어쩌면 '먹는 행위'에는 어린아이에서 어른이 되어가는 과정, 다시 말해 인생 그 자체가 담겨 있는 게 아닐까?'

어디 요리 과정뿐인가요, 감정은 또 어떻고요. 차오르는 분노를 폭식으로 표출하는 날이 있는가 하면, 슬픔에 젖어 물 한 모금조차 넘어가지 않는 날도 있습니다. 가끔은 사랑하는 사람을 위해 정성껏 만든 요리를 대접하기도 하고, 불현듯 찾아오는 부재(不在)한 이에 대한 그리움을 달래고자 음식을 만들기도 합니다.

이렇듯 먹는 것과 희로애락의 감정은 떼려야 뗄 수 없는 관계입니다. 그러니 과학이 발전해서 식사 대용 알약이 나온다고 해도(벌써 나왔는지는 모르겠지만) 지금처럼 밥상을 차리고, 먹고 치우는 이 비효율적인 영양 섭취 방식은 크게 바뀌지 않을 것입니다. 순식간에 목구멍으로 넘어가는 알약 하나 따위로는, 소화되지 못한 채 쌓여 있는 우리 안의 수많은 감정을 개운하게 내려보낼 수 없을 테니까요.

　때로는 귀찮음을 감수하고서라도 비효율을 선택하는 일이 있습니다. '음식을 먹는 행위' 또한 마찬가지입니다. 이 지극히 일상적이고 반복적이고 비효율적인 행위가 이토록 많은 의미를 내포하고 있다니, 어찌 '먹는 즐거움'을 사랑하지 않을 수 있을까요.

　어디선가 풀벌레 울음소리만 들려오는 청량한 여름 밤입니다. 분명 저녁을 든든히 먹었는데도 오늘따라 야식이 당기는 이유는, 텅 빈 것이 아무래도 위가 아니라 마음이어서 그런가 봅니다. 치맥으로도 채워지지 않는 당신의 헛헛한 마음이 이 책의 문장들로 조금이나마 달래지길 바라며, 시원한 맥주 한 캔과 함께 길었던 우리의 하루도 이제 막 저물 참입니다.

편채원

목차

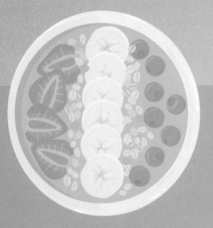

CHAPTER 1

요리도 인생도
잘 모르지만
입맛대로 살아볼까

우리 오늘
같이
밥 먹어요

식사(食事)란 생각 이상으로 숭고한 행위다. 누군가
와 함께 밥을 먹는다는 것은 실로 다양한 의미를 내포
한다. 표면적으로는 내 시간을 기꺼이 할애하며 서로
의 취향을 맞추는 번거로움을 감수하겠다는 것이고,
내심으로는 '당신에 대해 조금 더 알고 싶어요' 하고
수줍게 관심을 표현하는 것이다.

　누군가를 궁금해하는 것, 누군가가 나를 궁금해하는
것, 외로움이 디폴트인 세상에 그만큼 다정하고 인간
적인 행위가 또 어디 있을까. 그것이 비록 사사로운 이
득을 위해 환심을 사는 수단에 불과하더라도 상관없
다. 그 시작이 어떤 종착지로 뻗어나가게 될지는 아무
도 모르는 일이니까.

　결국 만남과 이별, 용서와 화해, 위로와 치유 같은

거창한 인간사도 전부 한 끼 식사에서부터 비롯되는 것을……. 때로는 삶과 죽음까지도 말이다.

그러나 한편으로는, 불편한 상대와의 식사만큼 세상 곤욕스러운 일도 없다. 아무리 근사한 곳에서 비싸고 맛있는 요리를 먹는다고 해도, 식사가 끝나고 돌아서는 순간 바로 체할 것 같다. 특히 나 같은 개인주의자는 1인분 주문이 불가능한 고깃집에서 혼자 삼겹살 2인분을 구울지언정 불편한 상대와는 김밥 한 줄도 먹기 싫으니, 식사라는 행위에 유독 깊은 의미를 부여할 수밖에 없다.

그리하여 사랑이란 감정을 판단하는 내 기준 중 하나가 '같이 식사하고 싶은 사람인지'였다. 이 기준을 충족한다면 적어도 그 사람과 즐겁게 식사하는 동안만큼은 행복할 테니까.

기껏 만든 요리가 한 입 삼키기도 어려운 '망작'이더라도, 맛집이라고 애써 찾아간 식당의 음식이 생각보다 별로더라도, 먹고 싶던 메뉴가 품절이라 못 먹더라도, 불친절한 직원을 만나 기분이 상하더라도 그 모든 게 단지 당신과 함께한 식사였다는 것만으로 아무래도 괜찮아진다. 나에게 사랑이란 그런 것이다.

'무언가를 함께 먹는 것', 이 지극히 단순하고 본능적인 행위가 나름의 의미를 가질 때, 같이 먹은 밥공기 수만큼이나 함께한 시간이 쌓이고 쌓여 진정한 관계의 양분이 될 때, 나는 비로소 "당신이란 사람을 조금은 이해할 수 있을 것 같아요"라고 말할 수 있겠지.

그래서 말인데, 오늘 우리 같이 밥 먹을까?

아직
멀었나요

고민이 하나 생겼다. 하루 세 번, 끼니때가 되면 배는 정직하게 고픈데 도무지 먹고 싶은 게 없다. 아무리 이런저런 메뉴를 떠올려봐도 딱 꽂히는 게 없다.

차라리 허기라도 안 느끼면 다행이겠다. 다이어트하는 셈 치고 안 먹으면 되니까. 그런데 배고프고 입맛 없는 건 정말이지 최악의 상황이다. 식사가 될 만한 메뉴를 못 정하고 우물쭈물하다가는 주전부리나 지분대다 영양가 없이 헛배만 부르기에 십상이다.

'어차피 무언가를 먹어야 한다면 탄수화물, 단백질, 지방이 골고루 들어간 균형 잡힌 식사를 하겠다!'

매끼 제대로 된 식사를 하겠다는 나의 신념이 곧 무

너질지도 모르겠다. 아무튼 나는 아직도 뭘 먹을지 정하지 못하고 방황 중이다.

그런 날이 있다. 출근해야 하는데 당최 뭘 입어야 할지 죽어도 감이 안 오는 날. 거울 앞에서 수십 번도 더 옷을 갈아입으며 생쇼를 해보아도 어째 마땅한 옷이 없다. 작년 이맘때 발가벗고 다녔나? 도대체 외출하려면 왜 매번 입을 옷이 없는 건지는 평생의 미스터리다.

결국 시간에 쫓겨 개중 그나마 낫다 싶은 차림새로 집을 나섰다. 그런데 웬걸, 길 가다 거울에 비친 내 모습이……, 어설프게 멋 부리려다 이도 저도 아닌 룩이 되어버려서 패션 테러리스트가 따로 없다.

사람들이 다 나만 쳐다보는 것 같은 기분에 종일 신경이 쓰여, 퇴근하자마자 곧장 집으로 향했던 어느 날이 기억난다. 고르고 골라 입은 옷인데 대체 무슨 일이람.

먹는 것도 그렇다. 한순간에 딱 꽂히는 음식이 아니고서야 고민 끝에 고른 식당은 별로인 경우가 많았다. 맛있는 것 먹고 살찌면 그러려니 이해라도 하지, 맛없는 것 먹고 살찌면 너무 억울하잖아.

이러나저러나 헛배 부를 것 같은 오늘 같은 날이면 엄마가 입버릇처럼 했던 말이 생각난다.

— 삼시 세끼 밥상 차리는 것도 귀찮은데, 한 알만 먹
으면 배부른 알약 아직도 개발 안 됐다니?

도 대신
접시를
닦습니다

우리 집은 맞벌이다. 환갑이 넘은 엄마와 서른이 넘은 나, 어쨌거나 둘 다 일하고 있으니까. 그러다 보니 집안일도 나름 적절하게 분담되어 있다. 예를 들면 엄마는 요리와 청소를, 나는 설거지와 빨래를 담당한다. 다행히 나는 요리에 관심이 없고 엄마는 설거지를 무척 귀찮아하는 편이라서 꽤 합리적이고 만족스러운 분배라고 할 수 있겠다.

　내가 처음부터 설거지 담당을 자처했던 것은 아니다. 음식이란 갓 차렸을 땐 먹음직스러워 보여도, 굶주림과 식욕이 한바탕 휩쓸고 지나가면 상황이 달라진다. 식사가 끝나고 그 자리에 덩그러니 놓인 잔반은 음식물 쓰레기로 전락하고 만다.

　머리카락이 두피에 붙어 있을 때나 아름답지, 바닥에

떨어지거나 음식 사이에서 나오는 순간 세상 더러운 존재가 된다. 음식이 잔반이 되는 순간도 이와 비슷하다.

프라이팬 바닥을 가득 메운 기름기, 앞접시마다 묻어 있는 고춧가루, 실수로 흘린 밥풀떼기 등 남들이 먹고 간 자리를 치우는 일이란 비위가 상하는 일이 아닐 수 없다. 나 또한 식사 후 뒤처리를 일종의 벌칙처럼 생각했던 적이 있었다. 그런 내가 설거지의 매력에 빠진 계기는 아주 사소한 경험이 계기였다.

***

— 아니, 규정대로 수수료 물겠다는데도 취소를 못
 해준다고요? 그게 말이 되나요?

때는 바야흐로 2019년 11월 중순, 코로나의 'ㅋ'조차 모르던 시절의 일이다. 여행사 홈페이지에 오래전부터 가고 싶은 여행지였던 발리행 왕복 항공권이 믿을 수 없이 저렴한 가격에 뜬 걸 보자마자 충동적으로 두 장을 끊어버렸다. 출발일까지 5개월이나 남은 항공권이라서 그때 휴가를 낼 수 있을지 살짝 걱정은 되었지만, 그 정도 이유로 꺾일 의지가 아니었다.

'이건 둘도 없는 기회야! 퇴사하는 한이 있어도 무조건 떠나는 거야!'

꿈에 그리던 발리를 드디어 가게 되었다는 기대감에 잔뜩 부풀었다. 1순위 여행지 우부드에 있는 리조트도 순조롭게 예약하고, 남은 5개월의 시간이 빨리 지나가기만을 바랐다.

얼마 지나지 않아 전 지구인의 생활 방식이 완전히 다른 모습으로 변하게 될 줄 그땐 몰랐다. 누구나 그랬겠지만, 처음 코로나 소식을 접했을 때 나는 이 지경까지 될 것이라고는 상상도 못 했다. 부디 어서 빨리 잠잠해지길 바라며 오만 신경을 곤두세우고 '발리 입국', '발리 코로나'를 검색하며 추이를 살폈다.

출발 날짜는 서서히 다가오는데 상황은 나아질 기미가 보이지 않았다. 아무래도 안 되겠다 싶어 인생 처음으로, 예약한 항공권을 취소하기로 마음먹었다.

결제할 당시에 내가 동의한 항공사 약관에 따르면, 취소 수수료는 출발 직전까지 항공권 한 장당 10만 원이었다. 그러니까 두 장을 결제한 나는 20만 원의 취소 수수료를 부담하면 나머지 금액은 환불받을 수 있었다. 적지 않은 금액이었지만 나머지 금액이라도 환불받으려면 어쩔 수 없어서 눈물을 머금고 여행사에 취소 의사를 밝혔다. 그런데 돌아온 대답은 충격적이었다.

— 예약하신 항공사는 현재 현금 환불은 불가하고, 같은 금액의 바우처로만 환불이 가능한 상황입니다.

상담사는 이미 같은 내용으로 수십 번도 더 안내한 듯 지친 목소리였다.

— 계약서대로 취소 수수료 물고 환불받겠다는데 안 된다니요? 항공사에서 못 해준다고 배째라는 자세로 나오면 전 그냥 '알겠습니다' 해야 하는 건가요? 전혀 이해할 수가 없네요.

— 정말 죄송합니다. 저희도 황당해서 몇 번이나 항의했지만, 그 부분에 대해 명쾌한 답을 듣지 못했습니다.

요는 이렇다. 코로나로 인해 탑승 예정 고객들의 취소 문의가 빗발쳤고, 처음 몇 번은 규정대로 현금으로 환불해주던 항공사가 어느 순간부터는 나중에 사용할 수 있는 바우처로만 교환해주겠다고 못을 박은 것이다. 그리고 그 바우처는 기존에 결제한 금액만큼만 유효해서, 항공권값이 더 오를 경우에는 차액을 지불해야 한다고 덧붙였다.

아마 그들도 수많은 고객의 환불 요구를 감당할 여력이 안 되니, 그나마 재정적으로 타격이 덜 가는 나름의 해결책을 내놓은 것일 테다. 하지만 내게도 발리 왕복 항공권 두 장 가격은—아무리 저가로 끊었다 해도—적은 금액이 아니었다.

내가 겪고 있는 불합리함을 상담사에게 아무리 논리적으로 설명해도, 지금 상황을 해결할 만한 뾰족한 수가 있을 리 만무했다. 그렇게 별 소득 없이 전화를 끊는데, 얼굴에 열이 확 오르는 게 느껴졌다. 안 그래도 요즘 들어 부쩍 나만 손해 보는 일이 자꾸 생기는 것 같아 속이 끓었는데, 발리행 항공권 취소 건으로 급속도로 임계점에 다다른 기분이었다.

끓어오르는 화를 식히기 위해 찬물이라도 한 잔 마

실 겸 부엌으로 향했다. 그런데 또 하필 쓸 만한 컵이 하나도 보이지 않는다. 씩씩대며 대충 아무 그릇에나 물을 따라 마셨다. 찬기가 식도를 따라 내려가니 절로 크게 한숨이 쉬어졌다.

마음이 조금 가라앉자 그제야 주방 상태가 눈에 들어왔다. 산처럼 쌓인 설거지 더미 사이로 제 역할을 다한 물컵들이 틈틈이 박혀 있었다.

잠시 갈등하다 고무장갑을 꼈다. 당장 쓸 컵 두어 잔만 닦을 심산이었다. 그런데 컵 두 잔을 닦고 나니 어차피 시작한 거 하나 더, 하나만 더, 하다가 나도 모르는 새 밥그릇도 닦고 접시도 닦고 수저도 닦고 냄비까지 닦고 있었다.

눌어붙은 음식물 찌꺼기가 세제 거품과 함께 떨어져 나갔다. 양념 색깔대로 물들어 있던 접시를 뜨거운 물에 헹구니 다시 뽀얀 제 모습을 찾는다. 마음이 한결 개운해졌다. 이깟 게 대체 뭐라고. 싱크대가 비워져감에 따라 속에선 묘한 뿌듯함이 차올랐다. 딱히 화를 가라앉히려 애쓰지 않았는데도, 기분이 조금 풀렸다.

'그래, 이런 상황에서 누굴 탓하겠어. 내 하소연을 들어준 상담사는 여행사 직원이란 이유로 본인의 잘못이 아닌데도 고객들에게 대신 사과할 수밖에 없었을거야. 항공사도 경황 없기는 마찬가지겠지. 여느 때 같았으면 규정대로 환불해주었을 테고, 그랬으면 여행사 직원도 나의 요청을 무리 없이 들어줄 수 있었겠지.'

그렇게 생각하니 항공사 입장도 조금은 이해가 갔다. 누구도 예상치 못한 전 지구적 재앙 앞에, 모두 피해자일 뿐이었다.

반찬통 뚜껑에 붙은 고무 패킹을 뜯어내 닦다가 그렇게 문득, 마음에 평화가 찾아왔다.

***

세탁기가 빨래하는 게 당연하듯 이제는 식기세척기에 설거지를 맡기는 집이 많다. 기술이 좋아져서 요즘 식기세척기는 물도 적게 쓰면서 세척력도 뛰어나다고 한다. 실제로 식기세척기를 쓰고 있는 친구들의 후기만 들어봐도 그 좋은 걸 안 사는 사람이 이상하게 보일 정도다(그 이상한 사람이 바로 나라는 건 안 비밀).

그런데도 나는 여전히 핸드메이드(?) 설거지를 선호한다. 식기세척기의 능력을 의심하는 것은 아니다. 세척 능력으로만 보자면 식기세척기가 내 손보다 나을지도 모른다. 다만 설거지라는 행위를 통해 얻을 수 있는 소소한 즐거움의 기회를 기계 따위에게 양보하기엔 너무 아깝다고 생각했을 뿐이다. 일상에서 쌓인 스트레스를 푸는 유일한 방법은 '잠'밖에 없다고 믿어왔던 나에게 설거지는 그보다 더 생산적인 탈출구가 있음을 알려주었으니까. 특별히 마음을 다스릴 필요가 없는 평온한 날에는 아무 생각 없이 멍 때리는 여유를 선물해주기도 한다. 어쨌거나 설거지에는 아무나 알 수 없는 묘한 매력이 있다.

도는 못 닦을지언정 식기라도 잘 닦자는 나름의 신념(고집)은, 때때로 설거지를 향한 과도한 집착으로 나타나기도 한다. 어쩌면 나는 내심 바라고 있었는지도 모른다. 더러워진 그릇들을 따뜻한 물에 깨끗이 씻어낼 때 내 마음에 눌어붙은 감정의 찌꺼기도 부디 같이 쓸려 내려가기를 말이다. 때로는 마음에도 설거지가 필요하다.

요리
트라우마
생성기

자취생 생활에 어느 정도 익숙해질 즈음이었다. 치킨부터 반찬까지 온갖 배달음식에 질린 나는 앞으로 직접 요리해 먹기로 다짐하고 그날부터 당장 실천에 옮겼다.

　맛있고 살은 안 찌면서 쉽게 만들 수 있는 게 뭐가 있을까 고민하다가 문득 엊그제 친구들과 간 술집에서 안주로 나온 돼지고기 숙주볶음이 떠올랐다. 밀가루 따위는 찾아볼 수 없는, 그야말로 단백질과 채소가 환상적인 조화를 이루는 요리가 아닌가. 귀찮음을 무릅쓰고 집 앞 시장으로 달음박질했다.

　— 돼지고기 어떤 부위로 사야 해요? 숙주랑 같이 볶아 먹으려고요.

장을 보는 것부터가 쉽지 않다. 뭘 아는 게 있어야지. 돼지고기 숙주볶음의 고기가 돼지라는 것만 알지 어느 부위인지까지는 몰랐다.

— 삼겹살도 맛있고, 앞다리살도 괜찮아요. 법으로 정해진 것도 아닌데, 아가씨가 사고 싶은 걸로 사세요.

가격을 비교해보니 앞다리살이 반 이상 저렴하다. 하지만 저렴해서 산다는 것을 들키고 싶지 않으니, 다른 적당한 명분을 찾는다.

— 기름기 없는 부위로 주세요.
— 얼마나 줄까요?
— 한 500그램 정도요?

500그램이면 충분히 먹겠지 싶었다. 그런데 아저씨가 끊임없이 고기를 썬다. 저 정도면 500그램 될 것 같은데, 더 자르시려나? 곧 멈추시겠지, 설마.

정육점을 나오는 내 손에 들린 고기 500그램은 예

상보다 훨씬 많았다. 그 커다란 덩어리 하나를 다 썰어 내실 줄이야. 그땐 몰랐다, 나의 회심의 첫 요리는 이미 고기 양부터 실패였다는 것을.

숙주, 파, 굴소스까지 사서 자취방으로 돌아왔다. 장만 봐도 벌써 요리를 다 한 것처럼 피곤했다.

'그냥 시켜 먹을까.'

배달의 유혹에 넘어갈 뻔한 영혼을 다잡고 프라이팬을 꺼냈다. 그때만 해도 파기름 따위 알지 못했던 시절이라 그냥 집에 있는 식용유만 붓고 고기를 볶기 시작했다. 다시 봐도 고기 양이 어마어마했다.

'반만 할 걸 그랬나.'

거기에 숙주까지 넣으니 가뜩이나 크기가 작은 프라이팬이 토하기 일보 직전이다. 이제 와 후회해봤자 소용없다. 본디 요리란 노빠꾸인 법. 한 번 넣은 재료를 다시 빼내는 'ctrl + z' 기능 따위는 없다.

설상가상으로 숙주에서 나온 물이 고기를 적시기

시작했다. 그렇게 최선을 다해 볶고 또 볶았건만, 손바닥만 한 싸구려 프라이팬과 하이라이트의 허접한 열기로는 500그램이나 되는 앞다리살을 제대로 익힐 수가 없었다. 반쯤 물에 삶아진 고기는 그 비주얼만으로도 맛이 예상되었다. 머릿속에 경보가 울렸다.

'일단 비주얼은 포기해! 지금부터 목표는 고기를 다익히는 거다!'

결과가 어떠했는지는 굳이 말하지 않겠다. 다만 나는 그날 이후로 요리에서 완전히 손을 뗐다. 벌써 수년 전 일이다.

***

— 요리가 재미있다고?
— 응, 요리하는 거 재밌지 않아?
— 난 별로⋯⋯. 요리는 흥미 없어. 대신 먹는 것에는 흥미가 많지.

요리를 주제로 한 대화는 늘 이런 패턴이었다. 어느 순간부터 나는 요리하는 행위 자체를 혐오하기에 이르렀다. 라면 하나도 내 손으로 끓이지 않을 정도였으니까 가히 '요리 트라우마'라고 해도 과언이 아니다. 그래도 내게는 '어차피 먹지도 못할 음식물 쓰레기를 생성할 게 뻔하니, 환경 보호를 위해서라도 요리를 하지 말자'라는 나름 합리적인 이유가 있었다.

— 요리는 맛도 중요하지만 무엇보다 정성이죠. 저는 제가 만든 요리를 누군가가 맛있게 먹어줄 때 요리한 보람을 느껴요. 반면에 아무리 맛있는 요리를 해도 저 혼자 먹으면 맛이 없는 것 같더라고요, 호호.

'뭔 개소리래. 맛있는 건 혼자 먹어도 맛있고 둘이 먹어도 맛있고 단체로 먹어도 맛있는 거지.'

텔레비전에 나오는 유명한 요리사의 조언도 전혀 도움이 되지 않았다. 뼈아픈 실패를 겪은 자에게 하하 호호 웃으며 풀어놓는 성공담 따위는 상대적 박탈감과 분노 게이지만 상승시킬 뿐이었다.

'돼지고기 숙주볶음 하나도 제대로 못 하는 인생, 뭐는 제대로 하려나.'

첫 요리에 대차게 실패한 나는 잔뜩 비뚤어져서 한동안 요리 혐오증을 앓았더랬다.

한 그릇의
온기

커피 취향은 몇 년째 한결같이 '얼죽아(얼어 죽어도 아이스 아메리카노)'이지만, 자고로 국물은 입도 못 댈 정도로 뜨거워야 제맛이라고 생각한다. 이 무슨 온탕 냉탕 왔다 갔다 하는 소리냐고? 겨울은 겨울이라 춥고, 여름은 여름대로 사무실에서 냉방병으로 고생하다 보니 허한 속을 잠시나마 데울 수 있는 게 얼마나 행복한 일인지 알게 되었달까.

회사 1층에 있는 식당 중 계절에 관계없이 늘 손님으로 붐비는 곳은 다름 아닌 베트남 쌀국수 가게다. 문을 열고 들어서는 순간 온몸을 감싸는 훈기와 특유의 향신료 냄새도 좋지만, 무엇보다 사장님이 정말 친절하시다. 자극적이지 않은 쌀국수가 위장을 은근히 데운다 치면, 바쁜 점심시간에도 미소와 여유를 잃지 않는 사장님의 다정함은 오전 내내 긴장 상태이던 마음을 따뜻하게 녹여준다.

대체로 직장인의 점심이란 따뜻하기 어렵다. 회사가 밀집되어 있는 지역의 식당가는 주인장의 손맛이라든지 하는 특색은 전혀 기대할 수 없다. 그뿐이랴 그나마 맛이 평범하면 다행이다 싶게 가격은 비싼 곳이 대부분이다.

서울의 오래된 시가지는 사정이 조금 다를지 모르겠다. 하지만 적어도 내가 직장생활을 하고 있는 신도시는 가히 맛집의 불모지라 할 수 있다. 음식 맛은 둘째 치고서라도 삭막한 분위기에서 늘 시간에 쫓기며 불편한 마음으로 먹는 점심은, 제대로 된 한 끼 식사라기보다는 그저 생존을 위해 허기를 때우는 행위에 가깝다.

그러니까 내가 한기를 느껴 뜨거운 국물을 찾는 것은 단순히 날씨와 기온의 문제만은 아닌지도 모른다. 직장인으로서 너무 많은 것을 바라는 것 같지만, 원하는 메뉴를 고를 수 있는 소박한 자유와 혼자라도 눈치 보지 않고 마음 편히 먹을 수 있는 너그러운 분위기의 부재가 문제이지 않을까. 나에게 따뜻한 점심은 그런 것이다.

혼자 늦은 점심을 하게 되는 날이면, 나는 어김없이 1층 쌀국수 가게로 향한다. 손님이 어느 정도 빠져나가 한산해진 가게 안은 어쩐지 더 훈훈하다. 허겁지겁 국물을 들이켜다 입천장을 데지 않아도 될 것 같아서 다행이다. 이 한 그릇의 다정함을 느긋하게 즐기다 가야지. 푹 데친 숙주와 새콤한 양파절임도.

맛있는 글을
지어보아요

가끔은 이런 생각이 든다. 요리나 글쓰기나 별반 다르지 않은 것 같다. 준비된 재료들로 개성과 철학이 묻어나는 결과물을 만들어내는 일이란 면에서 말이다.

요리가 맛이 있어야 하듯, 글도 글맛이 있어야 한다. 대개 글은 눈으로 읽는다고 생각하지만, 실은 입으로 읽는 것에 더 가깝다. 소리를 내지 않더라도 자연스럽게 꼭꼭 씹은 후에야 비로소 내용을 이해하고 감동을 느낀다는 뜻이다. 입에 착착 붙는 글이 맛있는(좋은) 글이다.

그렇다면 이제 나도 작가로서 맛있는 글을 지어야 할 의무가 생겼다. 글의 기본 재료는 '단어'다. 좋은 재료를 구하기 위해 책도 읽고 신문도 보고 국어사전도 뒤진다.

확실히 단어가 풍부하게 쓰이면 글맛이 좋아진다. 삼겹살 하나를 먹어도 명이나물에 싸 먹는지, 고추냉이를 얹어 먹는지, 히말라야 핑크 소금에 찍어 먹는지에 따라 맛이 달라지는 것처럼 말이다.

그렇다고 해서 새로운 재료를 찾는 일에만 집착할 필요는 없다. 음식도 자주 먹어본 음식이 더 맛있듯, 보통은 익숙한 표현이 더 마음을 울리는 법이니까.

열심히 찾은 재료들로 문장을 만들고, 문장과 문장을 엮어 한 편의 글을 짓는다. 그리고 다시 글과 글을 엮어 한 권의 책으로 만들어 세상에 내놓는 일련의 과정들은, 요리사가 자신만의 '시그니처 코스 요리'를 선보이는 것과 다를 바가 없다. 떨리고 걱정되면서도 한편으로는 설레는 작업이다.

내게는 너무나 소중한 결과물이지만 모든 사람의 입맛을 만족시킬 수는 없다는 사실 또한 인정해야 한다. 그러니 때로는 기대와 다른 평가를 받더라도 너무 상처받지 말자고, 그렇게 스스로 마음을 다진다. 그러면 굳은살이 박인 마음은 한층 더 단단하겠지.

내 평생 좋은 요리사가 될 일은 없겠지만, 좋은 작가는 되고 싶다. 이러니저러니 해도 글은 계속 쓰지 않을까. 이따금 모든 것을 다 놓아버리고 싶은 우울한 날이면 괜스레 '글'이 밉다가도, 조금 괜찮아지면 '글'부터 찾는다.

내게 있어 '글'은 무엇 하나 제대로 끝을 맺어본 적 없는 내가 세상에 내어놓은 유일한 결과물이다. 지금까지도 그랬고 앞으로도, 내가 지을 수 있는 유일한 무언가는 '글'이 아닐까. 이왕이면 맛있는 글을 짓고 싶다.

인내는 길고
열매는 찰나다

집에서 요리 하나를 만드는 데 걸리는 시간, 평균 30분.
다 먹는 데에는 3분이면 충분.

보통의 직장인 통장에 급여가 입금되는 간격, 한 달.
빠져나가는 것은 순식간.

한 권의 책을 세상에 내보내기 위해 골머리를 앓는 기간, (내 기준) 최소 1년.
다 읽는 데에는 두어 시간 남짓.

인생은 너무도 비효율적인 것.

진퇴양난의
세상

전 세계적 전염병 사태는 일상에 크고 작은 변화를 가져왔다. 나라 간 이동이 막힌 것은 물론, 사람과 사람 사이의 교류도 뜸해지면서 그야말로 세상이 멈추었다.

그런데도 이전보다 더 부지런히 세상을 활보하는 것이 있었으니 바로 배달 음식이다. 예전에는 자장면, 탕수육, 피자, 치킨 정도가 대표적인 배달 음식이었다. 반면에 코로나 이후로는 배달을 안 하는 식당을 찾기가 더 어렵다. 배달 음식의 역사는 코로나 전과 후로 나뉜다 해도 과언이 아닐 정도로 선택의 폭이 급속도로 확장됐다.

음식 배달이 지극히 평범한 일상일 때 '나의 배달 순환 고리'는 이런 식이었다.

'배가 고프다 → 집에서 해 먹기 귀찮다 → 식당을 가는 게 께름칙하다 → 배달을 시키자니 양이 많을 것 같다 → 집밥과 배달 사이에서 갈등한다 → 결국 배달 애플리케이션을 켠다 → 최소 주문금액을 맞추느라 혼자 2인분을 시켜 무리해서 배를 채운다 → 후회한다'

금세 도착한 배달 음식을 먹고 허기에 날아간 정신 줄을 겨우 부여잡고 식탁에 남아 있는 일회용기들을 정리하고 있자면 뒤늦은 후회와 양심의 가책이 밀려온다.

'그냥 냉장고에 있는 재료로 대충 해 먹을걸. 돈은 돈 대로 썼는데 맛은 없고, 쓸데없이 과식한 데다 겨우 한 끼 식사에 내가 배출한 쓰레기양은…… 적지는 않다.'

변명하자면 코로나가 한창일 때는 그럴 수밖에 없었다. 개인의 게으름 문제를 떠나 사람 간의 접촉을 줄이면서 끼니를 해결하기 위한 최선이 배달이었다.
게다가 위생에 신경 써야 하는 상황이다 보니 일회용 쓰레기 배출량이 증가하는 것이 당연했다. 그나마 일회용 젓가락을 거절하며 마음의 양심을 지켰다.

모두 알면서도 애써 모른 척 쉬쉬할 뿐, 일회용 쓰레기는 전 세계적으로 심각한 문제이자 현시대의 딜레마다. 전염병에 걸리지 않으려고 다회용기 대신 일회용기를 쓰며 끊임없이 쓰레기를 만들어낸다. 그런데 일회용 쓰레기는 지구를 병들게 하고 있다. 이것이 원인이 되어 인류에게 언젠가 또 다른 시련으로 돌아올지 모른다. 진퇴양난의 세상이다.

그래서 나는 결심했다. 이제는 손가락보다 몸을 더 부지런히 움직여서 배달 애플리케이션이 아닌 우리집 주방과 좀 더 친해져 보자고 말이다.

원래 몸에 좋은 음식은 쓰다고 했다. 이제 익숙한 편리함에서 벗어나 약간의 불편함을 감수해야 할 때다. 코로나에 뺏겼던 2년간, 배달 음식으로 망친 내 몸뚱이와 지구 환경에 악영향을 끼친 죄를 용서받기 위해서라도 말이다.

나의
작은 숲

2022년 봄, 본격적인 시골살이를 준비하고 있다. 예전에는 단순히 '로망'에 불과했던 꿈이, 어느새 눈앞의 현실로 성큼 다가왔다.

농사까지 지을 생각은 없었지만, 어째 농사를 짓지 않으면 안 되는 상황이 되었다. 사람 일 모르는 거라더니 서른이 넘어 농사를 짓게 될 줄이야! 그뿐이랴 앞으로는 배달 음식보다 직접 해 먹는 음식에 익숙해져야 한다.

여러모로 마음의 준비를 하려고 이것저것 자료를 찾아보던 중 우연히 알게 된 영화 〈리틀포레스트〉에 푹 빠져버렸다.

'요알못'인 내 눈에는 주인공 '혜원'의 요리 솜씨가 거의 판타지 영화 속 마스터급 마법사의 실력으로 보였다. 혜원이 시골집에 돌아온 첫날, 항아리에 남은 쌀 한 줌과 눈밭에 널브러진 언 배춧잎 몇 조각만으로 한 끼 식사를 뚝딱 차려내는 장면에서는 감탄을 금할 수 없었다.

'저게 가능하다니. 나라면 당장 고모네 집으로 달려 갔을 거야. 배고파 죽겠는데 어쩌겠어. 그까짓 잔소리 좀 얻어먹더라도 배부터 채워야지.'

옆에서 같이 영화를 보던 엄마가 "저렇게 잘하면 서 울에서도 좀 해 먹지!"라며 혜원을 타박한다. 나는 어 쩐지 혜원의 편을 들어주고 싶어졌다.

— 애가 알바하랴 공부하랴 바쁜데, 요리를 언제 해 서 먹어?

그것은 일종의 자기 방어적 변명이기도 했다. 서울 에서 셋방살이를 하던 시절이 떠올랐다. 내가 3년을 머물렀던 자취방은 정말 손바닥만 한 공간이었다. 창 문을 열면 바로 옆 건물 벽이 보이는, 햇빛도 잘 들지 않던 작은 방이었다. 당시에는 그것조차 별 상관이 없었다. 하루의 대부분을 회사에서 보내느라 자취방에서는 잠만 자고 후다닥 나오기 바빴으니까.

이상하게 서울은 바쁘다. 아니, 정확하게 말하면 바빠야 할 것만 같다. 도시의 전체적인 분위기가 마치 "바쁘지 않은 자, 이곳에 머물 자격이 없나니!"라고 말하는 것 같다.

게다가 1인 가구에게는 유독 더 야박하다. 점심시간에 혼자 밥이라도 먹을라치면 피크타임은 피해주는 센스는 필수다. 사람들이 삼삼오오 짝지어 줄을 선 식당에서, 떡하니 혼자 4인용 식탁을 차지하고 마음 편히 밥을 넘길 수 있는 용자가 과연 몇이나 될까. 센스를 발휘해 피크타임을 피하다 보면 밥때를 놓칠 때도 있고, 애매하게 브레이크 타임에 걸려 꾹 닫힌 식당 문 앞에서 발길을 돌려야 할 때도 있다.

혜원이 쉬어버린 편의점 도시락으로 끼니를 때울 수밖에 없었던 것도 아마 그런 이유였으리라. 내가 혜원의 편을 들어주고 싶던 것은 그녀에게 동병상련의 감정이 들어서가 아닐까.

***

시골살이를 앞둔 나는 요즘 요리 트라우마를 극복하려고 노력 중이다. 아주 가끔이지만 좋아하는 재료들로 덮밥을 만들거나 김밥을 싸서 먹는 소소한 취미가 생겼다. 연어니 참치니 내가 좋아하는 재료를 멋대로 골라 양껏 넣고 대충 말아낸 김밥은 칼을 대자마자 터지기 일쑤다. 그래도 나름 먹을 만하다.

사실 맛이 있고 없고는 내게 그리 중요한 문제가 아니다. 대단한 요리는 아니더라도, 그럴듯한 먹거리가 내 손끝에서 탄생했다는 작은 성취감이 더 중요하다. 여가시간은 늘었지만 세상이 바쁘다 보니 정작 나를 위한 시간은 턱없이 부족하다. 이런 상황에서 나 자신을 위해 음식을 만들었다는 사실은 그 자체만으로도 위로가 된다.

나에게 요리는 '여유'의 상징이다. 어느 날 문득 요리를 할 마음이 들었다는 것은, 과로사하기 일보 직전이었던 마음 한편에 작게나마 바람이라도 통할 여유 공간이 생겼다는 뜻이다. 몸은 때 되면 퇴근이라도 한다지만, 한 번 바빠진 마음은 퇴근도 없이 24시간 풀가

동이다. 그러다 보면 대충 때우는 식으로 끼니를 해결하게 되고, 몸도 따라 망가지기 십상이다. 억지로라도 마음이 쉴 시간을 만들어주기 위해 선택한 것이 바로 '나를 위한 요리'였다.

땅값 비싼 강남 한복판에도 작은 공원 하나쯤은 존재한다. 아무리 일상이 정신없이 돌아간다 해도, 아주 잠깐이나마 마음에 여유가 드나들 수 있는 틈 정도는 만들어두어야지. 그 틈마다 우연히 내려앉은 풀씨가 싹을 틔우면, 그것이 곧 이 삭막한 도시에서 나를 숨 쉬게 하는 작은 숲이 될 테니까.

CHAPTER 2

색다른 날이었으면 해서
특별한 음식을 먹었지

간을
맞춰보아요

인생은 심심함과의 싸움이다. 하릴없이 보낸 오늘 하루가 그렇고, 이제 막 한 숟갈 뜨려는 설렁탕의 이 허여멀건 국물도 그렇다. 나는 지금 소금을 넣을지 말지로 내적 갈등 중이다. 음식에 간하지 않고 먹기 시작한 지 3주째다. 횟수로 치면 오늘로써 여섯 번째 마주하는 무(無)맛 설렁탕이다.

  제아무리 심심함을 즐긴다고 자부하는 인간일지라도, 그건 어디까지나 휴대폰으로 넷플릭스라도 볼 수 있을 때의 이야기다. 인간은 기본적으로 가만히 있는 것을 힘들어한다.

  간이 안 된 음식을 먹는 것 또한 그렇다. 미각(味覺)이야말로 도덕적·윤리적으로 어긋나지 않는 범위 내에서 가장 쉽게 쾌락을 느낄 수 있는 유일무이한 감각이다. 그런 것을 구태여 포기하고 살 필요가 있느냐는 말이다.

***

나의 이런—무슨 의미가 있는 건지 모르겠는—도전은 3주 전 우연히 본 어느 다큐멘터리에서 시작되었다. 흔한 요리 이야기인 줄 알고 가벼운 마음으로 보기 시작한 그 방송은 현대인의 나트륨 과다 섭취에 관한 내용이었고, 내 시청 자세는 후반부로 갈수록 진중해졌다.

그중에서도 가장 흥미로웠던 부분은 혀의 자극에 관한 것이었다. 사실 '간이 약하다, 세다'를 판단하는 데에는 완벽한 기준이 없다. 입맛은 매우 주관적인 영역이기 때문이다. 자극적인 짠(단)맛에 익숙해진 혀는 상대적으로 덜 짠(단) 음식을 '맛없다'라고 느낀다. 반면에 평소 음식을 싱겁게 먹던 사람은 조금만 짜도 '못 먹을 정도로 짠맛'으로 느낀다.

그러니 우리가 흔히 '맛없다'라고 생각할 때 두 가지 경우를 생각해보아야 한다. 진짜로 인간이 먹지 못할

해괴한 맛일 경우도 있지만, 그보다는 간이 제대로 되어 있지 않은 경우가 더 많다.

쉽게 말해 전자는 누가 먹어도 '웩 토할 맛'인 것이고, 후자는 '내 기준에 간이 덜 된 맛'인 것이다. 예를 들면 내 입맛에 맛있는 '소금 뺀 설렁탕'이, 엄마에게는 이걸 무슨 맛으로 먹느냐며 숟가락을 내려놓을 만큼 '세상 맛없는 설렁탕'이다.

나이가 들면 들수록 세상의 수많은 감각에 무뎌진다. 할머니, 할아버지들이 유독 달고 짠 음식을 선호하는 것도 그런 이유다.

하물며 감정이란 것은 또 어떠한가. 어릴 때는 월미도 바이킹만 타도 행복했다면, 스무 살에는 홍콩 디즈니랜드 정도는 가줘야 만족스럽다. 넓은 집도 살다 보면 그리 넓은지 모르겠고, 사랑하는 이와의 꿈꾸던 일상도 시간이 지나면 권태가 찾아오기 마련이다. 이별도 반복하다 보면 견딜 만해지니, 새로운 설렘에 대한 기대도 그 언젠가 만큼 절실하지 않다.

결국 인간은 자극을 느끼기 위해 산다 해도 과언이 아니다. 사진첩에 연예인의 다이어트 자극 짤을 잔뜩 저장해두는 것도, 스트레스를 받으면 매운 음식이 당

기는 것도, 하다못해 헬스장에서 아령을 하나 드는 것
도 자극을 통해 무언가를 얻으려는 인간의 욕구와 맞
닿아 있다.

섹스도 그렇지 않은가. 서로에 대해 알 거 모를 거
다 아는 연인과 시도하는 롤플레잉 섹스보다 오늘 처
음 본 이성과의 평범한 잠자리가 더 자극적이라는 걸
─차마 입 밖으로 꺼내지 않을 뿐─이미 알고 있으니.

적절한 자극은 자칫 심심함을 넘어 권태로움에 빠
질 수 있는 일상에 활력소가 되기도 하지만, 그것이 인
생의 전부라 착각한 인간의 말로는 안타깝고 쓸쓸하
기 그지없다.

소금을 과하게 섭취하면 필시 건강에 이상이 생기
기 마련이다. 연애 초기의 설렘만을 좇다가는 제대로
된 사랑 한 번 못 해보고 외로이 생을 마감하게 될지
도 모른다.

***

그래서 나는 지금 설렁탕을 통해 미각을 훈련하고
있는 것이다. 사소하고 쉬운 것부터, 자극의 역치를 낮

추고 대상(설렁탕)의 본질에 한 발 더 다가가기 위해서 말이다.

그러니 그대, 부디 나를 믿고 밍밍함의 바다에 몸을 던져보라. 딱 2주면 된다. 설렁탕 고유의 진하고 고소한 육수 맛이 느껴지기 시작하는 그날, 무뎌져 있던 진정한 미각이 깨어남과 동시에 그대의 혀는 더 밀도감 있는 풍미의 세계로 그대를 인도할 것이니…….

설렁탕은 둘째 치고 내 인생에나 소금 좀 치고 싶다. 아, 심심해.

나는
너에게
무엇으로

동서고금을 막론하고 직장인의 최대 고민은 점심 메뉴를 고르는 것이고, 수많은 커플이 데이트하려고 만나서 가장 먼저 하는 말은 "오늘 뭐 먹지?"일 것이다.

　다행히 나는 그때그때 먹고 싶은 음식을 잘 떠올리는 편인 데다 점심을 먹으면서 저녁 메뉴를 미리 생각해두는 아주 계획적인(?) 인간이다. 그래서 퇴근 후 데이트할 때도 "오늘 뭐 먹지?" 하고 상대에게 묻기보다는 "즉석 떡볶이 갈까?" 하고 내가 메뉴를 정하는 게 더 편하다. 그래도 연애를 시작한 지 얼마 안 되었을 때는 나름 매너 있는 척 남자친구의 의사를 먼저 묻곤 했다.

　— 뭐 먹고 싶은 거 없어?

— 글쎄……. 너는?

— 알잖아. 나 다 잘 먹는 거.

— 그럼 우리 돈가스 먹을래? 우리 동네에 완전 맛집 있는데.

— 좋아!

우연히 찾은 맛집이겠거니 했다. 그런데 알고 보니 서울에 있는 웬만한 돈가스 가게는 전부 그의 손바닥 안이었다. 특별히 돈가스를 싫어하지도, 좋아하지도 않는 나와 달리 그는 1일 1돈가스를 성실히 실천하는 진정한 돈가스성애자였다. 으레 주고받는 일상적인 대화들 속에서도 돈가스란 놈은 단 한 번도, 단 하루도 등장하지 않는 날이 없을 정도였으니까.

출근 잘했어? 점심은? 응, 오늘 도시락 싸왔어. 오, 반찬은? 돈가스. 밖인가 보네? 응, 오늘 아파트 장날이라 잠깐 나왔어. 뭐 좀 샀어? 응, 돈가스 몇 장 샀어. 오늘 친구 만난다더니 잘 갔다 왔어? 응. 뭐 먹었어? 돈가스. 돈가스, 돈가스, 그놈의 돈까쓰ㅇㅇㅇㅇㅇ!!!!!

***

'음, 이 집 좀 하는구먼.'

겉은 바삭, 속은 촉촉하게 잘 튀겨진 돈가스의 맨 끄트머리 조각을 집으며 내가 말했다.

— 큰일이야. 널 보면 돈가스가 생각나고, 돈가스만 보면 네가 떠올라.

— 세상에 돈가스란 음식이 사라지지 않는 한, 넌 날 잊지 못한다는 거지. 후훗.

다소 덕후스러운 웃음소리를 내며 고추냉이를 잔뜩 얹은 거대한 로스까스 한 점을 한 번에 집어삼키는 저 요망한 입. 오물오물 씹는 와중에 이따금씩 버릇처럼 찡긋거리는 코. 언제부턴가 눈에 띄기 시작한—그렇다고 해서 딱히 거슬리진 않는—돈가스 먹을 때만 나타나는 그의 독특한 습관이다.

저작(咀嚼) 작용에 너무 집중한 나머지, 한참을 멍

때리던 눈동자가 돌연 초점을 찾는다.

　　— 이런, 돈가스가 반이나 남았는데 밥을 다 먹어버
　　렸군. 사장님, 여기 밥이랑 샐러드 좀 더 주세요.

　　그는 밥과 반찬(돈가스)의 양이 마지막 한 입까지 딱
맞게 마무리되도록 조화를 생각하며 먹는 계산적인
남자다.

　　'성공한 돈가스집의 기준은 밥과 샐러드를 기꺼이
리필해주느냐 아니냐에 달려 있다는 그의 말에, 처음
에는 무슨 뚱딴지같은 소리냐며 콧방귀를 뀌었지. 그
런데 널 만나기 전 30년간 먹은 돈가스보다 널 만난
후 먹은 돈가스 양이 더 많아진 지금에 와서 돌이켜보
니 틀린 말은 아니더라. 그리고 그거 알아? 너 때문에
난 생전 처음 냉동 돈가스라는 걸 사 봤다? 생각보다
맛있더라? 젠장, 야식 옵션이 하나 또 늘었지 뭐야.'

　　— 있잖아…….
　　— ?

— 돈가스가 좋아, 내가 좋아?

 폽 소리와 함께 눅눅해진 튀김 부스러기 몇 개가 내 턱을 향해 날아와 안착했다. 으, 정말!

*** *

 어느 날인가 약속 시간에 맞춰 실컷 늦잠을 자고 겨우 일어나서 거울을 보는데 세상에, 볼에 떡하니 돈가스 모양으로 자국이 나 있는 거야. 범인은 그 전날 새로 산 배게 덮개였어. 고개를 한쪽으로 돌리고 자는 버릇 때문에 하필 오른쪽 뺨에만 선명하게 돈가스 자국이 찍힌 거지.

 세수를 평소보다 오래 해도 좀처럼 사라지질 않아서, 그 위에 파운데이션을 얼마나 찍어 발랐는지 몰라. 아니, 근데 어째서 그 자국을 보는데 내 머릿속에 자연스럽게 네 얼굴이 스치는 걸까. 이젠 돈가스 비슷한 것만 봐도 네가 생각날 지경이 되었나 봐.

 문득 그런 생각이 들었어. 세상에서 돈가스가 사라질 일은 없을 텐데, 그럼 만약에 우리가 헤어진다 해도 나는 의지와 상관없이 종종 너를 떠올리게 되려나.

　이럴 줄 알았으면 나도 무언가 하나쯤 확고한 취향을 만들어놓을 걸 그랬어. 혹여 서로가 완전한 타인이 되었을 때 너에게도 내가 공평하게 각인될 수 있도록 말이야.

　나는 무엇으로 네 기억 속에 남으려나. 잊히지 않기 위해 아등바등, 그렇게.

모르는 건
약일까,
독일까

여의도 직장인이라면 모르는 사람이 없는 콩국수 가게가 있다. 긴 줄을 서야 하는데도 늘 붐비는 곳이다. '중독적'이라는 표현은 이런 가게에 써야 한다. 콩국수를 좋아하지 않는 나도, 그 집 콩국수를 한 번 맛본 뒤로 종종 생각이 날 정도니까.

　초여름을 며칠 앞둔 그날은 평소보다 조금 더 더웠다. 기온과 콩국수 가게의 손님 수는 늘 비례하니, 일찌감치 오전 업무를 마무리하고 평소보다 이르게 사무실을 나섰다. 다행히 아직 손님이 많지 않아 한쪽 구석에 편안히 자리를 잡을 수 있었다. 주문하기가 무섭게 나온 뽀얀 콩국수, 꾸덕꾸덕한 것이 윤기가 좔좔 흐른다.

　누구는 소금을, 누구는 설탕을, 누구는 둘 다를 넣는

다는데, 희한하게 이 집 콩국수는 굳이 소금이나 설탕 따위를 넣지 않아도 고소하니 맛이 좋다. 날이 더워 그런지 오늘은 유난히 더 입에 착착 감긴다.

면을 다 건져 먹고도 뭐가 이리도 아쉬운 걸까, 차마 숟가락을 놓지 못하겠다. 국물이 바닥을 보일 때까지 천천히 떠먹었다. 왜 그릇째 들고 벌컥벌컥 마시지 않느냐고? 모르는 소리. 한 숟갈씩 떠먹어야 이 중독적인 콩국물을 더 오래 맛볼 수 있다.

'이게 뭐지? 설탕인가?'

국물까지 싹싹 긁어먹다 바닥이 거의 보일 때쯤 발견한 하얀 덩어리는 숟가락을 반 넘게 차지할 정도로 작지 않은 크기다. 젓가락을 들어 그 정체불명의 덩어리에 가져갔다.

톡톡 건드리는 정도로는 터지지 않는 것을 보니 꾸덕꾸덕한 콩국물이 덩어리를 꽤 두툼하게 감싸고 있는 듯하다. 젓가락 끝으로 힘을 주어 꾹 찌르자, 그제야 쩍 갈라지며 가루가 되어 흩어지는 하얀 덩어리 아니, 하얀 조미료 덩어리.

잠시 시간이 멈춘 것 같았다. 못 먹을 게 나온 것도 아니니 직원을 부르기도 민망한 상황이었고, 굳이 그럴 생각도 없었다. 다만……, 그러니까……, 음……, 지금 내가 느낀 감정을 뭐라고 말하면 좋을까. 짜증? 분노? 아니다. 그래, 이건 분명 '배신감'이다. 어쩌면 '상처를 받았다'라는 표현이 가장 알맞을지도 모르겠다.

'내가 처음으로 마음을 열고 받아들인 콩국수의 정체가 조미료 덩어리였다니. 그래, 뭐, 밖에서 사 먹는 음식이란 게, 집밥만큼 건강식일 수는 없다고 감안해도……, 그래도 이건 너무 하잖아? 이 정도면 내가 먹은 것은 콩국물이 아니라 조미료를 우려낸 국물이잖아.'

어렴풋이 짐작은 하고 있었지만, 몰랐어도 될 진실을 두 눈으로 직접 목격했을 때의 충격이란…….

***

'이게……, 대체 다 뭐야?'

눈을 의심할 수밖에 없었다. 연인의 휴대폰은 판도라의 상자라고 했던가. 나는 지금 그 상자를 열어버렸고, 이미 봐버렸고, 안 봤을 때로 되돌릴 수도 없고, 괴로움은 나의 몫이고…….

술과 친구를 좋아하는 사람이었다. 회사 자체가 워낙 회식이 잦은 분위기라 종종 연락이 안 될 때가 있었지만 그러려니 했다.

'사회생활하는 남자가 다 그렇지, 뭐.'

기껏해야 복학생 오빠가 최고령이던 그간의 연애사를 뒤로하고 만난 첫 직장인 남자친구였기 때문에, 내가 이해하고 받아들여야 할 일이라고 생각했다.

내게는 분명 회식이라고 했던 지난 주말 밤, 그의 행선지가 다름 아닌 클럽이었다는 사실을 알게 되기 전까지만 해도 그랬다.

뒷일은 막장이었으니 굳이 다시 글로 풀어내고 싶지는 않다. 다만 나는 그 일이 있고 나서도 1년 넘게 연인 관계를 유지했고, 비슷한 사건을 몇 번 더 겪고 나서야 온전히 그를 놓을 수 있었다. 이제와 생각해보면 바보 같은데, 당시에는 그럴 수밖에 없었다. 사람에게는 마음이란 것도 있으니 머리가 하는 판단만 따르기란 불가능했다.

신뢰가 깨진 것과 사랑은 또 별개의 감정이었다. 울화병이 도진 나는 한동안 수면유도제를 먹어야만 겨우 눈을 붙일 수 있었다. 하루에 열두 번도 더 그의 목을 조르고 싶은 충동이 들 만큼 그가 미웠다. 하지만 그것이 곧 그를 사랑하지 않는다는 뜻은 아니었다. 내면에서 뒤엉켜 자라난 이성과 감정의 괴리가, 한동안 사람을 미치게 했다.

***

콩국수 얘기가 쓸데없이 진지해졌다. 어쨌거나 나의 마음을 사로잡았던 콩국수 맛의 비결이 조미료임을 알고 난 후에도, 나는 종종 그 집을 찾았다.

예전처럼 바닥이 보일 정도로 긁어먹지는 않는 대신, 면을 건져 먹고 남은 국물을 휘적휘적 뒤집어보는 몹쓸 버릇이 생겼다. 알면서도 먹으러 왔으면 그냥 얌전히 먹고 말 것이지 누가 오라고 한 것도 아닌데 굳이 또 먹으러 와서는 의심이나 하고 앉아 있는 스스로가 한심했다.

중독이 이래서 무서운 것이다. 개인의 의지만으로 무언가를 그만둘 수 있다면 세상에는 알코올중독도, '흡연충'이라는 말도 존재하지 않을 것이다. 다니던 회사를 그만두고 더 이상 여의도에 갈 일이 없게 되고 나서야, 나는 그 콩국수를 완전히 끊을 수 있었다.

가끔 상상해보곤 한다. 그날, 콩국수 바닥에 파묻혀 있던 미원 찌꺼기를 발견하지 못했더라면, 회사를 그만둔 지금도 난 여전히 그 집 단골이었을까. 만약 그의 카톡을 우연히 보지 않았더라면, 우리는 헤어지지 않았으려나. 크게 의미 없는 상상을 해본다.

그 와중에 내가 정말 궁금한 것은 '모르는 게 과연 약일까, 독일까'이다. 아픈 진실이라면 굳이 끄집어내지 말고 덮어두는 게 맞는 걸까, 끝내 상처로 남을지언정 맞부딪히는 게 나은 걸까. 아직도 잘 모르겠다. 좀 더 살아보면 알 수 있으려나.

애물단지
그녀

또래 친구들을 유부(有夫)의 세계로 떠나보낸 지 이미 오래다. 모바일 메신저 친구 목록에는 어느 순간 친구들의 주니어 얼굴이 하나둘 보이기 시작했다.

그런 의미에서 연애 2년 10개월 차, 30대 중반을 바라보는 여자와 남자에게 "청첩장 언제 줄 거야?"라는 질문이 그리 생뚱맞은 것은 아닐 테지. 진짜 궁금해서라기보다는 으레 하는 인사치레에 불과하다는 것을 빨리 깨달아야 쓸데없이 잔주름만 늘리는 스트레스를 조금이나마 줄일 수 있다.

불러낼 사람도, 불러내고 싶은 사람도 없는 어느 주말, 눈을 뜨니 이미 해가 중천이었다. 늦잠꾸러기 딸 깨우기를 진즉 포기한 엄마는 잘 가꿔놓은 테라스 꽃밭에 물을 주고 있었다.

— 엄마, 꽃밭에만 밥 주지 말고 딸내미 밥도 좀 챙겨주
라.
— 딸, 나이가 서른이 넘었으면 네 밥은 네가 알아서
해주라.

상냥한 목소리에 그렇지 못한 말투다. 에잇, 치사해.
요즘 들어 엄마의 구박이 심해진 듯한 것은 단순히 기
분 탓인가.

냉장고 문을 열어보니 달걀과 버터가 가장 먼저 눈
에 띈다. 그리고 어제 저녁에 삼겹살을 싸 먹고 남은
상추와 깻잎, 고추장도 보인다. 예전 같았으면 바로 버
터간장달걀밥이지만, 지금은 좀 더 신중해야 한다.

— 그래, 건강을 생각해서 채소를 먹자. 채소 많이,
밥은 조금만.

그저 '익었음'에 의미를 두고 대충 부친 달걀프라이,
어제 먹다 남은 쌈채소, 고추장 반 숟갈을 넣고 참기름
을 한 바퀴 둘러 비벼주면 간단하게 비빔밥 완성이다.
이 정도면 나 같은 똥손도 아주 쉽게 한 끼 식사를 해

결할 수 있다.

주의할 점은 숨이 죽지 않은 쌈채소를 전부 털어 넣을 수 있도록, 그릇이 크면 클수록 좋다는 것이다. 그래서 내가 선택한 것은—너무나 뻔하게도—양푼이었다. 어설픈 크기의 밥그릇 따위로는 밥과 채소를 힘차게 비빌 수가 없다는 사실을 이미 몇 번의 실패로 터득했던 참이다.

양푼째 들고 소파 한가운데 자리를 잡았다. 장소에 구애 없이 식사가 가능하다는 것은, 양푼비빔밥의 또 다른 장점이지.

혼밥의 무료함을 달래보고자 켠 TV에서는 결혼을 약속했던 남자친구와 헤어지고 귀가한 노처녀—드라마 속 표현에 의하면—주인공의 등짝을 후려갈기는 중년 여배우의 모습이 지나간다.

— 딸이 남친이랑 헤어지고 왔으면 모른 척 좀 해주지 때리긴 왜 때린데. 안 그래도 서러울 텐데.

나의 혼잣말에 대답이라도 하듯 드라마 속 엄마의 타령이 시작됐다. 네 나이가 몇인데, 이제 그만한 남자

81

만나기도 힘든 거 몰라? 허이고 참, 내가 너 땜에 못 산다, 못 살아. 낯설지 않은 클리셰다. 이쯤 되니 괜히 주인공의 편을 들어주고 싶다.

― 요즘 세상이 어떤 세상인데, 아직도 저런 엄마가 있다고? 허, 참.

양푼비빔밥의 첫 숟가락을 입에 넣기 무섭게, 어디 선가 날아온 잘 마른 양말 한 짝. 꽃밭 물주기가 끝나 고 건조대에서 빨래를 걷던 엄마가 어느새 나를 노려 보고 있다.

― 아가씨, 얼른 드시고 세수라도 좀 하시죠?

***

한때는 그랬다. 서른이 넘도록 싱글이란 이유로 집 에서 구박받는 드라마 속 수많은 딸을 보며, 나와는 상 관없는 일인 양 웃어넘기곤 했다.

— 휴. 저 엄마도 참 답답하겠네. 그치, 엄마?

— 그럼, 답답하지.

자신들의 미래를 알지 못했던 현실의 모녀는 드라
마 속 모녀를 보며 그렇게 한참을 깔깔댔더란다. 그들
에게 있어 드라마는 드라마일 뿐이었다. 그런데 그 TV
에서만 보던 시집도 안(못) 가고 엄마에게 등짝이나 두
들겨 맞는 애물단지 딸내미가 바로 나였다니.

요즘 세상이 어떤 세상인데 서른 넘었다고 노처녀
타령할 필요도 없고 결혼은 필수가 아니라 선택이라
외치면서도 마냥 개운치만은 않은 이 기분. 생각만큼
초조하지는 않지만 그렇다고 해서 아예 신경 쓰이지
않는다고도 할 수 없는 묘한 거슬림. 한 치 앞을 짐작
할 수 없는 인생에서 이따금씩 찾아오는, '나 이대로도
정말 괜찮은 걸까' 싶은 순간. 살면서 배운 '괜찮다'의
숨은 의미 중 하나는 '나 혼자 괜찮다고 모두가 괜찮은
게 아니라는 것'이다.

그래서 "청첩장 언제 줄 거야?(결혼 안 하니?)"라는
질문에 어느 정도는 성의껏 답할 필요가 있다. "때 되
면 알아서 할 테니, 신경 끄세요."와 같은 싸가지 밥 말

아 먹은 대답이 내 마음을 제대로 대변해주지는 못한다. 사실 나는 모 방송에 나온 것만큼이나 철저한(?) 비혼주의자는 아니다. 나름의 신념을 세우지만, 현실의 유혹에 쉽게 타협하기도 하고 때로는 스스럼없이 무너지기도 하는 평범한 30대 여성으로서 주어진 선택의 순간을 아슬아슬하게 줄타기하고 있을 뿐이다.

⁂

[이따 미주 예비 신랑도 같이 온대]

으악, 오늘 미주의 청첩장 모임이 있다는 것을 까맣게 잊고 있었다. 메시지를 조금만 늦게 봤어도 큰일 날 뻔했다.

'남편 될 사람도 같이 온다는데, 늦으면 실례지.'

더 지체할 수 없이 씻어야 할 명분이 생겼다. 양푼 바닥을 싹싹 긁어 만든 마지막 한 숟갈을 대충 입에 넣고, 부리나케 욕실로 달려갔다. 세수 이상의 행위를

시작하려는 나를, 의아하게 바라보는 엄마의 시선이
느껴진다.

— 오늘, 미주, 청첩장!

세 단어만으로도 무슨 상황인지 충분히 알았다는
듯 고개를 절레절레 흔든 엄마는 다시 개키던 세탁물
로 시선을 옮겼다. 애정 어린 긴 한숨이 반쯤 닫힌 욕
실 문을 스쳐갔다.

아무래도
닭은 것
같습니다

인생을 날로 먹으려는 성향이 타고난 것인지는 모르겠지만, 나는 어렸을 때부터 초밥을 좋아했다. 어른들의 틈에 껴 회전초밥집을 가게 되면 혼자 기본 열두 접시는 가뿐히 먹어 치우곤 했다. 그것도 생선 위주로만 먹었다.

　초밥집에 발길이 뜸해진 것은 도리어 성인이 된 이후부터였다. 생선 초밥 열두 접시의 가격이 최소 5만 원이 넘는다는 것을 알아버렸고, 더는 예전처럼 대신 값을 치를 누군가가 없어서다.

　그러나 불행히도 초밥을 향한 애정은 눈곱만큼도 사그라지지 않았다. 그래서 한도 끝도 없이 집어먹을 우려가 있는 회전초밥 대신 열 점에 13,000원 정도 하는 가성비 초밥집을 갔다.

유독 인간관계 때문에 힘든 날이면 혼자서 작은 초밥 가게를 찾아가 바 한구석에 자리를 잡고 초밥을 먹었다. 사람들 틈에서 쉽게 지치는 내게, 초밥을 음미하는 시간만큼은 누구의 간섭도 받지 않는 온전한 자유의 시간이었다. 궁금하지도 않은 질문을 억지로 이어가거나 애써 웃음 지을 필요도 없었다. 내가 어른이 되어서도 여전히 초밥을 좋아하는 이유는, 어쩌면 초밥과 함께 그 고독감도 즐길 줄 알아서인지도 모르겠다.

***

초밥은 여러모로 매력적인 음식이다. 화려하지만 고독하다. 회전초밥집에 가면 그 '화려한 고독함'이 더욱 와닿는다.

길게 늘어진 레일 위에 각양각색의 접시에 놓인 다양한 초밥은 형형색색으로 저마다의 존재감을 뽐낸다. 각기 다른 재료의 초밥이 모여 있다 보니, 어떤 초밥은 선택을 받지 못해 혼자가 된다.

마지막까지 남아 레일을 돌고 도는 초밥의 마음은

어떨까? 좁은 접시 위에서 여럿이 다닥다닥 붙어 있다 혼자가 되어 좋았을까? 눈에 띄지 않는 존재였다는 사실에 절망했을까?

선택을 기다리는 초밥뿐 아니라 초밥을 집는 쪽도 고독하다. 초밥은 나눔의 음식이다. 여기서 말하는 '나눔'이란 베푸는 의미의 나눔이 아닌 '너'와 '내'가 구분되는 나눔이다. 주문도, 계산도, 하다못해 밑반찬마저도 각자의 몫이 따로 제공된다. 둘이 가든 셋이 가든 초밥을 먹는 순간만큼은 철저히 혼자가 된다.

***

번잡한 도시 속 수많은 타인 사이에서 도망치고 싶은 날, 누군가가 나를 알아보고 말을 거는 것조차 피하고 싶은 날이 있다. 타인의 관심은 때때로 불편한 감정을 일으킨다. 하지만 아무도 찾아주지 않는 시간이 너무 길어지는 것도 무섭다. 내가 지금 이곳에 존재하는 것이 맞는지 따위의 의심은 달갑지 않으니까. 참으로 이중적인 마음이다.

인간이란 정녕 타인의 존재를 통해서만 자신의 존

재를 확신할 수 있는 걸까. 사람에 상처받으면서도 사람 사이에서밖에 살아갈 수 없고, 관심은 부담되지만 존재감은 잃고 싶지 않은 모순된 자아(自我). 우리는 모두 초밥을 닮았다.

예의를
지불해주세요

— 오. 대박. 별거 안 들어간 것 같은데 어떻게 이런
　　맛이 나지?

　넉넉한 양의 소면, 멸치를 우려낸 듯한 맑은 국물, 그
위로 정갈하게 올린 김치 고명까지 빈 그릇에 차례로
하나씩 담아갔으니, 눈에 보이는 재료 외에는 아무것도
들어가지 않은 것이 분명하다. 틀림없는 맛집이다.
　하지만 음식값을 지불하지 않으니 음식점이라고 할
수는 없겠다. 무료인 대신 꽤 긴 줄을 서야 하고, 주어
진 양만큼 남김없이 먹은 뒤 다 먹은 그릇은 직접 설
거지해야 하는 이곳은 낙산사에서만 맛볼 수 있는 점
심 국수 공양간이다.
　낙산사에서 1박을 하고 집으로 돌아가는 날, 원래는

점심으로 막국수를 먹을 예정이었다. "시간 되는 분들은 국수 한 그릇 먹고 가요. 아주 맛있어. 그리고 공짜야."라는 스님의 말씀을 듣기 전까지는 그랬다.

— 기다려서라도 먹길 잘했네.

공양간이 문을 여는 시간은 11시 30분이다. 그 전부터 이미 줄이 길게 늘어서 있었다. 공양간 앞을 가득 메운 사람들을 보고 그냥 막국수나 먹으러 갈까 잠시 갈등했지만, 오늘이 아니면 또 언제 여기까지 올까 싶어서 기다리기로 했다.

11시 조금 넘어서부터 줄을 섰고, 12시 30분 가까이 되어서야 국수를 받아 자리에 앉았으니 장장 한 시간이 넘는 기다림이었다. 소문난 국수맛과 무료라는 점에서 그 정도의 기다림은 충분히 상쇄가 가능했다.

— 아니, 이게 뭐라고 이렇게까지 기다려야 해?

그러나 모든 사람이 다 같은 생각일 수는 없는 법이다. 다 먹고 나오는 길에 지나친 한 여행객이 소곤거리는 말소리가 귀에 꽂혔다. 아직 설거지 중인 일행을 기다리느라 서 있는데, 같은 목소리가 이어 들려온다.

— 공짜래서 일단 줄은 섰는데, 배고파 죽겠어. 보니까 자리도 좁네. 설거지도 직접 하나 봐.

이미 먹고 나온 사람 입장에서는, 은근 거슬리는 얘기가 아닐 수 없었다. 기다리기 싫으면 먹지 마세요. 돈 내라고 했으면 줄도 안 섰을 거면서, 흥. 나는 속으로만 생각했다.

그런 일을 겪으니 썩 유쾌하지만은 않은 에피소드 하나가 떠올랐다. 때는 바야흐로 역대급 장마가 우리나라를 덮치기 직전의 어느 뜨거운 7월의 여름날이었다. 그날은 내가 당근의 세계에 발을 들여놓은 날이다.

***

이사한 지도 꽤 됐는데 옷장 정리는 무한정 미루고 있던 중이었다. 날도 점점 꿉꿉해지고 이러다 안 되겠다 싶어 큰맘 먹고 뒤집은 옷장 속에서, 안 입는 옷과 못 입는 옷이 유물마냥 무더기로 발굴되었다.

대부분 사이즈가 안 맞거나(작거나) 과거의 취향이 엿보이는 옷들이었다. 참고로 나의 옷 취향은 굉장히 변덕스럽다. 아무래도 입을 일은 없을 것 같아 그냥 헌옷수거함에 넣었는데, 그 얘기를 들은 친구가 아깝게 왜 다 버리느냐며 나를 당근마켓으로 인도했다.

[은근 섹시한 초커 블라우스 팝니다. 가격: 8,000원. 지역: 경기도 ○○시]

[택도 안 뗀 촤르르 쉬폰 가디건. 가격: 13,000원. 지역: 경기도 ○○시]

하나하나 사진을 찍고 판매글을 쓰는 것도 꽤나 중노동이었다. '안 팔리면 내가 입어야지' 하는 생각으로 심심할 때마다 간간이 올리다 보니 남들처럼 연락이 많이 오지도 않았다. 그리고 팔려도 문제인 옷도 있어서 대부분은 여전히 헌옷수거함으로 보내졌다.

'이건 좀 아까운걸······.'

몇 달 전 인터넷 쇼핑몰에서 구입한 얇은 봄 점퍼는 새 옷인데 단추가 하나 없는 게 문제였다. 배송된 박스를 한참이 지나 열어본 탓에 교환 반품 기간마저 놓쳐버렸다. 비슷한 단추를 어디선가 구할 수도 있을 것 같은데, 타고난 귀차니스트인 나는 그럴 엄두가 안 나서 옷장에 묵혀두고만 있던 참이다.

'돈 받고 팔긴 좀 그렇고…… 그렇지, 무료 나눔! 혹시 입겠다는 사람이 있으면 그냥 주지, 뭐.

단추가 하나 없으니 참고하라 쓰고, 사진도 첨부했다. 평소와는 달리 글을 올리자마자 채팅이 왔다.

[저 주세요. 내일 가지러 갈게요.]

맡겨놓은 물건인 양 인사 한 마디 없이 날아온 대화에 살짝 언짢았지만, 굳이 또 예민하게 굴 필요는 없으니까.

[넵. 내일 오후 6시 이후에 오시면 됩니다.]

답장도 없다. 이때 알아봤어야 했는데……. 다음 날, 오후 6시가 지났다. 언제쯤 올 것인지 확인 차 보낸 메시지는 아예 읽지도 않는다. 무료 나눔은 물건을 그냥 현관문 밖에 두고 신경을 꺼도 된다지만, 집 주소를 알려주기 싫어서 근처 초등학교로 약속 장소를 잡은 게 문제였다.

저녁밥하기 귀찮으니 외식을 하자는 엄마에게 집밥이 먹고 싶다고 둘러대고 계속 기다렸다. 당근 초보인 내게 무료 나눔이라도 약속은 약속이었고, 혹시나 상대방이 여기까지 와서 허탕을 칠까 걱정되어 자리를 지켰다.

하지만 그날 밤 상대방에게서는 끝내 연락이 없었다. 애꿎은 사람들만 다음 차례를 기다리며 애타는 쪽지를 보내왔더란다. 다음 날이 되어서야 답장을 받을 수 있었다.

[어젠 일이 생겨서 못 갔어요. 죄송한데 혹시 XX동으로 와주실 수 없을까요? 단추도 하나 없다면서요.]

저 두 문장 사이에 낀 '죄송한데'가 과연 사과의 의

미로 쓰인 게 맞는 걸까. 한참을 고민하다 그대로 그녀를 차단했다. 애초에 그 사람에게 나의 무료 나눔은 있어도 그만, 없어도 그만인 것이었을 테지. 단돈 1,000원이라도 받는다고 써놨으면, 그 사람은 나한테 쪽지를 보내는 간단한 수고조차 들이지 않았을 것이다.

몇 마디 안 되는 대화만으로도 극도의 피로감이 몰려왔다. 이럴 줄 알았으면 그냥 버릴걸. 무슨 대단한 일이라고 무료 나눔을 한다고 설쳐댔는지.

이후 여섯 번의 무료 나눔을 더 했으나 그중 아무 탈 없이 물건을 가져간 사람은 한 명뿐이었고 그 사람을 마지막으로 나는 당근마켓을 영영 떠났다.

무릇 성인(聖人)의 그릇이란 나 같은 한낱 범인(凡人)의 간장종지만 한 이해심과는 비교할 수 없는 크기다. 그러니 무례한 사람이 몇 명 있다고 해서 오랫동안 이어져 온 불교의 공양 문화가 사라지지는 않을 것이다.

다만 타인의 심기를 거스르는 말 한마디, 태도 하나가 쌓이고 쌓이면 성인군자도 표정 관리가 안 될 수 있으니(실제로 당근마켓의 진상을 겪어보면 성인군자도 이맛살을 찌푸릴 듯하다) 아무리 공짜라 해도 부디 최소한

의 예의는 갖추어주기를 바라본다.

타인을 위해서가 아니라 부디 스스로를 위해서라도 예의를 지불해주세요.

당신에게
하고 싶은 말

앞서 등장한 돈가스 마니아 남자친구와 4년 연애 끝에 결혼했다. 새내기 부부 앞에 놓인 수많은 인생의 선택지 중 우리가 고른 것은 '이른 귀촌'이었다. 그리하여 도시의 아파트 대신 영월의 한 시골 마을에 땅을 샀다. 나무와 풀만 무성한 곳에 신혼집 겸 민박집을 짓느라 결혼식을 올리고 지금까지 8개월 넘게 각자 부모님 댁에서 지내고 있다.

　그렇게 별거 아닌 별거 중인 우리 부부에게 요즘 가장 큰 관심사는 '아침식사'와 '웰컴푸드'다. 가까운 식당을 간다 해도 무조건 차를 타고 나가야 하는 거리이다 보니 아침식사는 물론이고, 가능하면 저녁식사도 방 안에서 해결할 수 있는 방법을 연구 중이다.

　남편이 특히나 고심하는 부분은 '플레이팅'이다. 남

편은 "보기 좋은 음식이 먹기도 좋다."라는 말을 신념처럼 여기는 사람이라 어떻게 예쁘게 담아내느냐에 중점을 둔다. 그런데 나는 조금 다르다. 아침식사는 가볍게 먹을 수 있으면서 빈속을 따뜻하게 데워주는 음식이냐에 중점을 둔다. 그런 우리 부부가 공통적으로 중시하는 점이 있다. 바로 요리 방법이 너무 어렵지 않으면서 집주인의 성의가 충분히 느껴져야 한다는 점이다.

우리 부부가 음식을 고민하는 이유는 단지 장사가 잘됐으면 하는 욕심이나 손님들의 배를 채워주어야 한다는 의무감 때문만은 아니다. 나는 '음식'이란 일종의 '언어'라고 생각한다. 민박집 주인은 제공하는 '식사'를 매개로 손님과 소통한다. 그러니 음식을 대접하는 것도 말조심하듯 신경 쓸 수밖에 없다.

이전까지의 나는 인생의 대부분을 여행자로 보냈다. 여행자로서 숙소나 음식점에 들렀을 때 기분이 상한 경험에 순위를 매겨보면, 베스트 5위 중 2위가 '제 값을 치르고도 너무나 성의 없는 식사를 했을 때'다. 성의가 없다는 것은 단순히 맛이 없다는 의미가 아니다. 가게를 찾아와준 손님에 대한 최소한의 존중의 결여,

좋은 음식을 대접하고자 하는 주인의 자부심 부재를 말한다.

　누구나 한 번쯤 '성의 없는 대접'을 받은 경험이 있을 것이다. 창밖으로 탁 트인 바다를 볼 수 있다는 점에 홀딱 반해 들어간 횟집에서 소위 말하는 '바가지'를 쓴 적이 있다. 둘이서 10만 원(몇 년 전 일인 데다 물가 오르는 속도도 장난 아니니 지금은 더 비싸졌으리라)을 지불했는데, 턱없이 적은 양에 말라비틀어진 생선회 접시를 받았다. 돈이 아까운 것은 둘째 치고, 세상 친절한 얼굴로 "잘해드리겠다."라며 잔뜩 사탕발림을 한 식당 주인에 대한 배신감이 더 컸다. 나는 그날의 상차림에서 '손님, 당신은 호구입니다'라는 문장을 읽어낼 수 있었다.

　매 끼가 진수성찬일 수는 없다. '성의 있는' 식사에서 중요한 것은 음식 가짓수가 아니다. 엄마가 아침 일찍 등교하는 딸의 손에 쥐어주는 바나나우유 한 개, 출출해하는 아내를 위해 끓이는 라면 한 그릇에도 얼마든지 '사랑한다'라는 메시지를 담을 수 있으니까.

　사람은 살면서 부지불식간에 다양한 매개체를 통해 소통한다. 그 매개체 중에서도 '식사'는 보통 하루에

세 번을 한다. 음식을 통해 마음을 표현할 기회가 적지 않다는 뜻이다. 혹여 가까운 이에게 지금껏 쑥스러워 전하지 못한 말이 있다면, 오늘 소박하게나마 식사 한 끼를 차려보는 것은 어떨까.

연이 닿아 우리 부부가 당신에게 음식을 대접할 기회가 생긴다면, 그 식탁에서 이런 마음이 읽혔으면 좋겠다.

'단 하루라도, 소중한 인연이 되어주어 고맙습니다. 영월부부 올림'

적당히는
어려워

'한 개냐 두 개냐.'

지금 내 앞에 놓인 지상 최대의 난제다. 한 개는 좀 모자란 듯하고, 지금 상태로는 아무래도 두 개는 남길 듯하다. 한 개 반이 딱 좋은데 그렇게는 안 된단 말이지.

더는 시간을 지체할 수 없다. 이 열기가 식기 전에 결단을 내려야 한다. '네 생각은 어때?'라는 뜻을 담아 시선이 마주친 상대방에게 의견을 묻는다. 눈치를 보아하니 우리 생각은 같은 듯하다.

— 사장님! 여기 볶음밥 두 개요!

감자탕이든 아구찜이든 닭갈비든 곱창전골이든 수

많은 전골 및 찜 요리의 화룡점정은 볶음밥이라 감히 단언한다. 때로는 볶음밥을 먹기 위해 그 메뉴를 선택한다 해도 과언이 아니다.

요즘은 마무리로 볶음밥을 볶아주지 않는 곳을 찾기가 더 힘들다. 어떤 음식이든 국물만 좀 남았다 하면 밥을 볶아버리니, 원. 한국인은 볶음밥의 민족이 틀림없다.

문제는 '양'이다. 메인요리를 끝내고 이미 어느 정도 배가 찬 상태에서 주문하기 때문에, 얼마나 시킬지 양을 가늠하기가 힘들다.

보통 두 명이면 1인분만 요청하는 경우가 많다. 하지만 둘 다 메인요리보다 마무리 볶음밥에 더 관심이 많은 '볶음밥 덕후'일 경우에는 상황이 달라진다. 그들에게 볶음밥 한 개와 두 개의 차이는 인생에서 마주하는 수많은 선택의 기로 중 하나로, 사느냐 죽느냐 만큼 (그 정도는 아니겠지만 비유하자면)이나 극단적이다.

무릇 볶음밥이란 더 먹고 싶어도 절대 추가 주문이 불가능한 메뉴다. 그 생각을 하다 보면 나도 모르게 욕심을 부리게 된다.

'와, 배불러. 더는 못 먹겠는데……'

　나만큼이나 상대방의 숟가락질이 눈에 띄게 느려졌다. 밀린 숙제처럼 남아버린 밥이 아까워 꾸역꾸역 쑤셔 넣는다. 맛이 있고 없고를 떠나 가장 행복해야 할 순간이 어느새 가장 고역의 순간이 되어버렸다. 아무래도 오늘 양 조절은 실패다.

　열다섯 살의 나는 셋이서 닭갈비 3인분을 해치운 뒤 볶음밥 두 개를 볶고도 모자라 냄비 바닥을 뚫을 기세로 싹싹 긁어먹었는데 말이야. 서른이 한참 넘은 내 위장은(물론 여전히 잘 먹는 편이기는 하지만) 날이 갈수록 예전만큼의 소화력을 발휘하지 못하고 있다. 어째 매번 그 사실을 잊는다.

　조금만 이성적으로 생각하면 1인분만 시키는 게 맞는데 왜 볶음밥을 외치는 그 순간에는 꼭 다 먹을 수 있을 것만 같은지, 자꾸 무모한 욕심을 부리는지 모르겠다. 그렇게 한동안 소화불량에 시달리고 나면, 질릴 대로 질려서 한동안은 볶음밥 따위 생각도 나지 않는다.

　'적당히'의 다른 말은 '조금 모자라다 싶게'가 아닐까. 앞으로 볶음밥은 무조건 '2인에 한 개'로 해야지.

사랑도 마찬가지다. 서로 소화할 수 있는 양만큼의 감정을 주고받아야지.

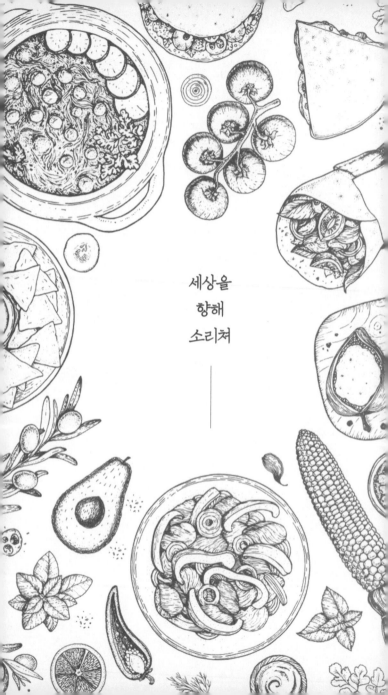

세상을
향해
소리쳐

글로 먹고 사는 전업 작가이고 싶으나 아직은 출판사에서 받는 인세보다 회사에서 받는 월급이 훨씬 많은 n년 차 직장인이다. 카드값은 매번 한도를 꽉꽉 채우니, 흔한 말로 '월급은 통장을 스쳐만 갈 뿐'이다.

혹시 내가 나도 모르는 사이에 똥가방이라도 하나 지른 건 아닌가 싶어 찬찬히 내역을 살펴보면, 상호가 죄다 카페 아니면 음식점이다. 결제 내역도 보면 맨 4,000원, 7,000원, 1만 2,000원이다. 간간이 무이자 6개월 할부금도 보인다. 아무리 더해도 100만 원은 안 넘지 싶은데 막상 또 계산기를 두드려보면 이번 달 청구액과 기가 막히게 맞아떨어진다.

티끌 모아 태산이랬나. 티끌 같은 소비가 태산 같은 카드값으로 돌아오는구먼. 남들은 먹을 거 입을 거 아껴서 명품백 산다는데 나는 명품백 살 돈을 쪼개 허벅지와 뱃살로 보낸 게 틀림없으렷다.

지금껏 사회생활하며 적을 둔 회사들로부터는 한 끼에 5,000원의 식대를 제공받았다. 내가 사회생활을 시작한 지 10년이니 식대 가격이 정해진 것은 실은 더 오래됐는지도 모른다. 이직을 할 때면 그나마 연봉은 조금씩 오르는데, 식대는 어째 단 한 번도 오르질 않았다. 강남, 여의도, 판교 등 일했던 동네 어디에서도 5,000원짜리 점심은 쉽게 찾을 수 없는데 말이다.

내가 좋아하는 회덮밥이 회사 근처 식당에서는 1만 5,000원이니, 먹고 싶은 것 좀 먹으려면 3일치 식대를 하루에 다 쓸 각오가 필요하다.

도대체 5,000원짜리 밥은 어딜 가야 먹을 수 있는 것인가. 샐러드 하나도 최소 8,000원이 넘는 세상인데 말이다.

내가 처음 사회생활을 시작했던 10년 전이나 지금이나 사무직 기본급은 월 150만 원을 크게 벗어나질 못하고 있다. 물가만큼 오르지 않는 월급도 서러운 와중에 점심 한 끼조차 제대로 먹을 수 없으니, 원. 설마 식대 기준을 맥도날드 런치 버거 하나 혹은 참치김밥

한 줄로 잡은 것은 아니겠지.

어제는 유독 더 회덮밥이 당겼으나 애써 외면했다. 넌 나에게 너무 과분해. 너 하나를 포기하면 연어김밥으로 3일을 버틸 수 있는걸. 오늘도 1만 5,000원짜리 회덮밥 대신 5,000원짜리 연어김밥 한 줄을 선택한다.

세상의 수많은 월급쟁이들을 대신해 외친다. 다른 것은 몰라도 밥값은 좀 올려주시라. 나는 연어김밥 세 줄보다 한 그릇의 회덮밥을 먹고 싶다.

CHAPTER 3

헛헛할 때는 술 한잔,
출출할 때는 야식 한판

꼬들꼬들한
라면을
좋아합니다

사랑이란 감정에 대해 쓸 때—특히나 그것이 이성
간의 사랑에 관한 문장일 경우—지금 만나고 있는 연
인을 떠올리지 않을 수 없다. 지나간 사랑으로부터 얻
은 깨달음도 분명 있지만, 현재 곁을 지키는 이만큼 다
채로운 영감을 줄 수는 없는 법이다.

지금의 남편과 연애하던 시절, 둘이 같이 방송에 출
연한 적이 있다. 그 방송을 본 사람들에게서 종종 이런
질문을 받곤 했다. "그렇게 막 오픈해도 괜찮아요?" 사
실 그 말 뒤에는 조금 더 깊은 의미가 숨어 있었다. '그
러다 혹시라도 헤어지면 어떡하려고 그래요?'

가까운 지인들의 질문은 더 구체적이고 직접적이었
다. "아직 결혼도 안 했는데, 헤어지면 어쩌려고 그렇게
다 오픈해?" 나의 대답은 이랬다. "그럼 결혼하면 그때

는 괜찮을까? 만에 하나 이혼이라도 하면 어떡해?"

'적당한 때'란 무엇일까. 예컨대 나는 라면을 끓일 때 찬물에 일단 수프부터 넣는다. 물이 끓어오를락 말락 할 때쯤 대충 사리를 던져두고, 서로 단단히 붙어 있는 면 가닥이 떨어질 기미가 보이면 과감히 불을 끈다. 당연히 면발은 '꼬들꼬들'을 넘어서 설익은 상태다. 처음부터 끝까지 모든 타이밍이 제멋대로인 조리 방식은 반(半) 과자 같은 식감을 좋아하는 나의 취향에 완벽히 맞춰져 있다.

그러니까 '적당한 때'란 그런 것이다. 지극히도 주관적이고 상대적이다. 현재의 감정이 영원할 거라 맹신하지 않고, 구태여 결말을 짐작하지 않는다. 사랑에 있어 적당한 때는 언제나 '지금'이었다. 그 사실을 깨닫고 나서야 비로소 나는 사랑으로부터, 타인의 시선으로부터 한껏 자유로워질 수 있었다.

꼭 사랑이 아니라도 마찬가지다. 어차피 모든 선택은 후회를 남기는 법이다. 후회하지 않을 안전한 타이밍을 마냥 기다린다고 해서 그 순간이 온다는 보장 따위 없다. 적당한 때는 어쩌면 영영 오지 않을지도 모르고, 설령 왔다 해도 혹여 지금보다 더 괜찮은 때가 올까 싶어 망설이다 놓쳐버릴 수도 있다.

나에게 맞는 적당한 때가 언제인지는 누구보다 내가 가장 잘 알고 있다고—설령 모르는 것 같더라도—믿어야 한다. 몇 번 정도는 실패해도 괜찮다. 그럴수록 자신만의 적당한 때에 가까워진다. 설익은 라면을 좋아할 줄은, 나도 처음에는 몰랐으니까.

지금은 그저 골 아프게 글을 쓰고 걱정 없이 사랑할 때다. 아참, 라면 올려둔 불도 곧 끄러 가야지. 하마터면 내가 가장 싫어하는 푹 퍼진 라면을 먹을 뻔했다.

다시
설레고 싶은
날이면

— 올해도 거기지?

— 물론. 설마 없어지진 않았겠지?

매년 1월 14일이 되면 그와 함께 가는 식당이 있다. 방이동 먹자골목에 있는 한 소곱창집이다. 1월 14일은 그와 내가 처음 단둘이 만나 식사한 기념비적인 날이다.

— 곱창에 소주 좋죠. 언제 시간 되면 같이 먹어요.

서로 지나가는 말처럼 내뱉은 것이라 사실 취소해도 상관없는 약속이었다. 그와 나는 우연한 기회로 같은 방송에 출연한 정도의 매우 공적인 사이였고, 여럿이 모인 술자리에서 몇 번 얼굴을 마주쳤을 뿐이었다. 단둘이 얘기를 나눈 적은 한 번도 없다 보니 어색한 분위기가 연출될 것은 분명했다. 그렇다고 해서 굳이 또 있는 약속을 깨기에는 우리 둘 다 무료한 일상에 지친 솔로들이었다. 그리고 세상은 아직 연말 특유의 로맨틱한 분위기가 채 가시지 않은, 1월의 어느 날이었으니까.

***

— 저 사실, 구워먹는 곱창은 처음이에요. 전골로는 먹어봤는데.
— 예? 정말요? 어떻게 그럴 수 있지? 곱창은 전골도 맛있지만 구이가 진리거든요!

호들갑스러운 내 반응에 그가 어색하게 웃는다. 짠하고 부딪힌 소주잔을 단번에 털어 넣은 그가 기대에 찬 표정으로 집게를 움직인다. 아까부터 느꼈는데 이 남자, 곱창구이를 처음 먹어보는 사람 치고는 너무 잘굽는다.

— 근데 고기를 참 잘 구우시네요.

— 아, 하하. 아까운 고기 태우면 안 되잖아요. 누구랑
먹든 집게는 제가 잡는 게 마음이 편하더라고요.

오호라, 고기 잘 굽는 남자! 호감도 +1.

— 다 구워진 것 같네요. 얼른 드세요.

그가 노릇노릇 잘 익은 곱창 몇 점을 집어 내 앞접
시에 옮겨 놓는다. 진하게 올라오는 고소한 기름 냄새
가 먼저 후각을 설레게 한다. 살코기도 아닌 내장 따위
가 왜 이렇게 맛있어 보이는지. 나는 의식처럼 남은 소
주를 마저 털어 넣고는 그가 정성으로 구워낸 곱창 한
점을 날름 삼켜버렸다.

쫄깃한 식감의 껍데기와 달리 입안에서 순식간에
사르르 녹아 없어지는 곱. 위장의 빈틈을 타고 고요하
게 퍼지는 알코올과 무르익어가는 대화에 점점 고조
되는 목소리.

혀가 꼬여가는 속도에 비례해, 어색했던 분위기도
스르르 풀어진다. 오랜만에 느껴보는 낯선 편안함에

어쩨 눈도 좀 풀리는 것 같다. 아니, 풀어진 것은 내 마음이려나.

곱창만 먹고 헤어지기에는 살짝 아쉬워 자리를 옮기기로 했다. 거리로 나오자 눈앞에 카페와 이자카야가 보였다. 고삐가 풀린 나의 또 다른 자아는, 늘 마시던 커피 대신 술을 선택했다.

그렇게 2차로 간 이자카야에서 우리는 같이 연극을 보러 가기로 약속했다. 며칠 후 같이 연극을 보고 헤어지던 날 밤, 또 그다음 만남을 약속하며 자연스럽게 연애를 시작했다.

*** *

아기자기함과는 거리가 먼 성향 때문인지 아니면 단순히 나이를 먹어서인지는 모르겠다. 어쨌거나 우리는 둘 다 이벤트에는 영 소질이 없다. 열흘 간격인 서로의 생일을 챙기는 것만 해도 엄청난 정신력이 필요한지라 100일, 200일처럼 날짜를 세는 기념일은 적당히 넘기는 것으로 무언의 합의가 이루어졌다.

그런 무딘 커플에게도 1년이라는 시간은 감회가 새

로웠나 보다. 평소와는 조금 다르게 보내고 싶다는 묘한 기대감과 '그래서 뭘 어떻게 해야 평소와 다른 건데?' 하는 괜한 걱정이 함께 찾아왔다.

아무리 사이가 좋아도 사계절을 함께하다 보면 갈등이 발생하고, 처음 만났을 때의 설렘이나 애틋함보다는 익숙함과 편안함이 더 커지기 마련이다. 물론 익숙함과 편안함이야말로 둘 사이의 감정이 어느 정도 무르익었다는 증거라고는 하지만, 우리도 사람인지라 때로는 시작한 지 얼마 안 된 연인들의 풋풋한 감정이 그리울 때가 있다.

우리의 1월 14일 '곱쏘데이'는 그렇게 탄생했다. 처음 만난 날의 어색함과 설렘을 다시 한 번 되새겨보자는 의미로 말이다. 상대방의 마음을 조심스럽게 알아가던 그때, 마침내 서로가 같은 감정을 가지고 있음을 확인했던 그 순간을 되새긴다. 피어오르는 설렘을 타고 우리의 시절은 순식간에 한 계절을 건넜다. 그해 겨울은 잘 익은 곱창 냄새만큼이나 고소했다.

— 여긴 여전히 사람이 많네.

1년에 한 번 오는, 그러니까 오늘로 벌써 네 번째 방문인 방이동 곱창집은 여전히 손님이 많았다. 작년에는 바로 옆에 새로 생긴 2호점으로 안내를 받아 그곳에서 식사했다. 1호점에 비해 시설도 깔끔하고 자리도 더 편했지만 무언가 2퍼센트 부족했다.

— 곱창이란 자고로 다닥다닥 붙은 테이블 사이에 껴서 등받이도 없는 작은 의자에 앉아 불편하게 구워먹는 맛인데…….

빈 테이블 개수와 대기 중인 사람 수를 세며 중얼거리는데, 그걸 또 귀신같이 캐치한 그가 대꾸한다.

— 누구랑 먹느냐가 중요한 것 아니겠어?

그의 장난기 어린 미소에 새삼 심장이 쿵 뛰었다. 우리는 오늘 3년 전 그날로 돌아갈 예정이다. 아, 물론 오늘도 곱창을 굽는 것은 그의 몫이다.

혼술하고
싶은 밤

언젠가 문득 그런 생각이 들었다. 나라는 존재가, 타인에게 너무 많은 상처를 입히면서 살고 있는 것은 아닐까.

하늘에 맹세코 단 한 번도 누군가에게 상처를 주고 싶었던 적은 없었다. 하지만 그런 나의 노력이나 의지 따위와는 무관하게, 누군가는 나로 인해 마음을 다치고 뒤돌아 울기도 했을 것이다.

나 또한 타인으로부터 받은 상처로 남몰래 울먹이며 끙끙 앓았던 밤이 적지 않았다. 그 또한 상대의 탓은 아니었다. 그것은 그냥, 어쩔 수 없는 일이었다. 인간이라는 존재 자체가 서로에게 상처일 수밖에 없기에 발생한 필연이었다.

그런 줄 알면서도 죽지 못하고 살아가는 나는 이기적이다. 상처만 주는 생을 이어가는 우리는 모두 이기

적이다. 존재와 부재 사이에서 갈등하는 가련한 자아(自我)다. 부재는 무섭고 존재는 무거우니 누구도 누구를 탓할 수 없다.

나는 대체로 당신을 아프게 하는 사람이었지만 아주 가끔은, 새벽 내 잠들지 못한 어느 외로운 이에게 절박한 위로가 되기도 했다.

사람 사는 게 다 똑같다
싶으면서도 괴리감이
드는 이유는

부자도 하루 세 끼 먹는 것은 마찬가지더라.

다만 그 세 끼가 그저 좀 비싼 세 끼일 뿐.

2,800원의
행복

언젠가의 주말이었다. 어디를 다녀오던 길이었는지
는 정확히 기억나지 않는다. 다만 초가을의 신선한 바
람이 불었고, 마스크로 입과 코를 가리지 않아도 되는
시절이었으며, 여느 때처럼 적당히 우울한 날이었다.

　지하철에서 내린 나는 집 앞까지 가는 버스를 타기
위해 역 광장으로 나왔다. 마침 딱 맞게 버스가 도착했
다. 평소 같았으면 '오, 개이득!' 하고 바로 탔겠지만, 그
날은 왠지 그러고 싶지 않아 그냥 보냈다. 광장 군데군
데에 서 있는 노란색 불빛의 가로등 아래로, 삼삼오오
모여 담배를 태우거나 커피를 마시는 사람들이 보였다.
불현듯 그 한가로운 풍경의 일부가 되고 싶었다. 이대
로 집에 가기에는 다소 아쉬운, 가을이 무르익은 밤이
었다.

'그래, 바로 오늘이야!'

평소 로망이었으나 해보지 못한 '그것'을 실현하기 좋은 날이었다. 나는 바로 눈앞에 보이는 아무 편의점이나 들어가, 가장 작은 사이즈의 캔맥주를 집어 들었다. 맛도 잘 구별 못하는 '알쓰(알코올쓰레기)'에게 브랜드 따위는 중요하지 않았다. 취할 수 있으면 되고, 330ml 양이면 충분했다.

— 2,800원입니다.

밖으로 나와 적당한 곳에 자리를 잡았다. 가로수를 둘러싼 정사각형 모양의 커다란 화단은 벤치로 삼기 딱 좋았다.

'엇, 나 이런 장면 본 적 있어. 왜 드라마 보면 유난히 힘든 하루를 보낸 여자 주인공이 공원 같은 데서 혼자 캔맥주 하나 탁 까면서 신세 한탄하잖아. 오늘에서야 그 이유를 알았네. 이제 이해했네. 그래, 이런 기분이었구나.'

평소와 별다른 것 없었던 그저 그런 하루의 끝에서 불현듯 마주한 외로움이, 하루 종일 나를 따라다닌 출처불명의 불안감이 술친구라도 된 듯 내 옆에 앉는다. 우울은 맞은편에 자리를 잡았다. 심심하면 우리랑 얘기할래? 벗어나고 싶던 감정들이 지금 이 순간 도리어 나의 대화 상대가 되어주겠다며 나선다.

***

고민이 있어도 털어놓지 않은 지 꽤 오래 되었다. 고민이고 감정이고 혼자 삭이는 데에는 이골이 났다. 나조차 이해가 안 되는 감정들을 타인에게 명료하게 설명하기란 불가능한 일이다. 속으로만 생각하고 생각하다 별다른 도리가 없음을 깨달으면 그저 잊는 것이 최선이다. 혹은 유유히 내 마음에서 떠나보내거나. 그렇게 하는 것을 나는 어른이 된 대가라고 여겼다.

'그래서 어른에게는 친구가 없지' 하고 우울이 자조하자 '어른이 된 건 맞고?' 하고 불안이 묻는다.

'야, 니네 다 조용히 해. 나 지금 적당히 알딸딸하니

딱 좋으니까, 괜히 초 치지 마라.'

 엉덩이에서 느껴지는 차가운 돌의 감촉, 적당한 온
도로 달아오른 볼, 그 잔잔한 열기를 식혀주는 바람까
지 어울리는 듯 어울리지 않는 일련의 상황이 작은 캔
맥주 하나에 아무래도 상관없는 일이 되어버린다.

 '이거 꽤 괜찮은데?'

 선선한 밤에 야외에서 혼맥 한 캔. 이따금씩 기분이
멜랑꼴리한 날이면 이 방법을 종종 써먹어야겠다고
생각했다.

 '스스로를 위로할 줄 아는 사람이 어른이다.'

 오, 방금 그 말 좀 멋졌어. 아주 어른스러웠어. 술김
에 떠올린 문장 하나에 혼자 감탄하며, 오를 대로 오른
취기를 애써 무시하고 남은 맥주를 벌컥벌컥 다 마셔
버렸다.

'후후, 나 오늘 좀 어른 같았어. 이것 봐, 스스로를 위로했고, 맥주 한 캔도 다 마셨잖아.'

그 와중에도 빈 깡통을 분리수거함에 잘 던져 넣었다. 그러고는 당당한(비틀거리는) 걸음으로 집에 가는 버스에 올랐다. 그렇게 어른이 된 나는, 환한 버스 불빛 아래서 벌겋게 달아오른 얼굴을 감추느라 술이 다 깨버렸다. 현실로의 복귀는 늘 찰나였다.

익숙한
뒷모습

— 앗! 두봄아, 안 돼!

여유롭게 산책을 하던 중 두봄이(시고르자브종, 3살 추정)가 별안간 잽싸게 달려나갔다. 그러더니 갑자기 멈춰서는 뭔가를 허겁지겁 주워 먹는다. 늘어난 리드 줄을 따라 가까이 가는데, 두봄이가 아니라 누구라도 정신을 홀릴 만한 고소한 냄새가 풍겨온다.

'도대체 탕수육이 왜 길바닥에 떨어져 있지?'

의아해하던 찰나, 시선을 조금 옮기니 빌라 단지 입구에서 왼쪽으로 꺾는 모퉁이 뒤로 오토바이 한 대가 쓰러져 있다. 사고라도 났나 싶어 두봄이의 리드 줄을 짧게 잡고 오토바이로 다가갔다.

여기저기 나뒹굴고 있는 갓 튀겨진 탕수육 조각들
이 보인다. 다행히 다친 사람은 없는 듯했다. 휑한 길
가에는 쓰러진 오토바이 주인으로 보이는 아저씨만
혼자 덩그러니 서 있었다. 아저씨는 먹을 수 없게 된
탕수육을 속절없이 바라보며 길게 한숨을 내쉬었다.

— 아저씨, 괜찮으세요?
— 아유, 이걸 다 어쩐담. 치우는 것도 일인데, 큰일
  이네…….

아저씨에게 지금 당장 본인의 안위는 안중에 없어
보였다. 그는 어디론가 전화를 걸더니 연신 죄송하다
며 사과했다. 상대방이 앞에 있는 것도 아닌데, 죄송하
다는 말이 나올 때마다 아저씨의 고개도 같이 숙여졌
다. 전화를 끊은 그는 또 어딘가에 다시 전화를 걸어
똑같은 대화를 시작했다. 사실 대화라기보다는 일방적
인 사죄에 더 가까운 통화였다.

나는 고기 냄새에 흥분한 두봄이를 한쪽 전봇대에
잠시 묶어두고, 바닥에 떨어진 탕수육 조각을 주웠다.

140

흙먼지만 털어내면 괜찮지 않을까 싶을 정도로 여전히 먹음직스런 황금빛 비주얼이다. 두봄이의 마음이 십분 이해가 되었다. 그 와중에 소스 그릇을 덮은 랩이 벗겨지지 않은 것은 천만다행이었다. 그랬으면 치울 엄두도 못 내고 못 본 척 조용히 자리를 떴을 테니 말이다.

— 아이고. 아가씨! 그냥 놔둬요.

통화를 마친 아저씨가 탕수육 조각을 줍고 있는 나를 발견하고는 기겁하며 말린다. 아저씨는 내가 아까부터 옆에 있던 것도 몰랐을 정도로 패닉 상태였던 것 같았다. 중간에 그만두기도 뭐해서, 아저씨와 같이 남은 탕수육 조각을 마저 주웠다.

— 다시 오셔야겠네요.

어색한 분위기를 환기시키고자 먼저 말을 꺼냈다. 아저씨가 고개를 젓는다.

— 더 기다릴 수 없다고 해서 환불해드리기로 했어요.

— 아이고.

뭐라 위로의 말을 건네기도 애매한 상황에 혼자 안타깝게 추임새를 중얼거리니, 아저씨는 자신의 실수인 것을 어쩌겠냐며 쓴웃음을 지었다. 시계를 확인하는 아저씨의 휴대폰 배경화면에는 교복을 입고 치아가 훤히 보이게 웃고 있는 해맑은 표정의 두 아이가 있었다.

그렇다고 해서 내가 그 아저씨에게 특별한 연민을 느낀 것은 아니다. 원하든 원치 않든, 사람은 누구나 생애 내내 무수한 배역을 맡으며 살아간다. 개인에게 맡겨진 역할은 늘 변화하고 세월이 흐를수록 더해진다.

누군가의 딸이기만 했던 사람이 아내가 되고 엄마가 되고 할머니가 되는 것처럼 말이다. 어디 혈연지간 뿐이랴 사회적 관계도 마찬가지다. 면접자가 탈락하면 직원이 아닌 고객이 되듯 갑과 을의 위치도 때에 따라 수시로 바뀌는 법이다.

그러니 아저씨도 오늘은 아쉬운 소리를 할 수밖에 없는 자리에 잠시 머무른 것일 뿐, 그것이 그의 고정된 역할은 결코 아니다.

다만 누군가의 아빠이자 남편이자 아들일 아저씨의

뒷모습이 낯설지 않게 느껴졌다. 그것은 나에게도 아직까지 아빠가 있었다면 딱 저 뒷모습을 닮지 않았을까 싶어서다. 먹먹하게 미소 짓는 그의 여윈 등이 어쩐지 익숙하다.

취중진담

요즘처럼 자존감을 중시하는 세상에서, 자존감이 낮은 사람들에게는 은근한 경시의 눈초리가 따라붙는다. 언젠가 한번은 자존감이 높다는 사람이 상대적으로 자존감이 낮은 이를 아닌 척 무시하는 '웃픈' 상황을 목격했는데, 솔직히 충격이었다.

　이제야 고백한다. 타인의 눈에 비친 내 모습이 어떠할지는 모르겠지만, 나는 결코 자존감이 높은 사람이 아니다. 사전에서 '존중'의 뜻을 찾아보니, '높이어 귀중하게 대함'이라는데, 그렇다면 확실하다. 나는 자존감이 낮은 쪽에 가깝다.

　그런 내가 타인의 눈치를 보지 않고 살 수 있는 것은, 스스로를 '존중하는 마음' 대신 스스로를 '인정하는 마음'이 있기 때문이다. 존중과 인정은 비슷한 듯하지만 전혀 다르다.

존중은 '높이어 귀중하게 대하는 것'이고, 인정은 '무언가를 확실히 그렇다고 여기는 것'이다. 존중은 그 대상에 기본적으로 긍정의 의미가 내포되어 있으나 인정은 그 대상이 긍정이어도 부정이어도 상관없다. 그저 있는 그대로 받아들일 뿐이니까.

나는 콤플렉스 덩어리다. 때때로 부러움을 넘어 시기, 질투, 분노, 우울함, 열등감 등의 어두운 감정으로 온 마음이 뒤덮이곤 한다. 그렇지만 그 감정들을 애써 무시하거나 부정하지 않는다. 이 또한 나의 일부임을 자연스레 받아들인다.

못난 내 자신이 밉지만 죽을 용기는 없다. 떠나는 것도, 남겨지는 것도 어느 하나 쉽지가 않다. 그래서 그저 버티듯 산다. 그러다 보면 아주 가끔씩은 또 살아있어서 다행이다 싶은 순간이 찾아오기도 하니까.

돌이켜 생각해보니 사랑했던 사람이 나를 떠났을 때조차 괜찮을 수 있었던 이유도 '자아인정감' 덕분인 것 같다.

대개 자존감이 높다고 하면 '네가 떠나도 나를 사랑해줄 사람은 많아. 무엇보다 내가 날 사랑하니까'라고 생각하는데, 솔직히 나는 나 자신을 그렇게까지 사랑하지는 않는다. 나한테 이별은 그저 '모르는 사이였던 두 사람이 만나 사랑에 빠진 게 특별한 일이었던 것이고 더 이상 사랑하지 않게 된 지금은 그저 원래의 상태로 돌아간 것'뿐이다.

누군가가 나를 사랑하는 것은 당연한 일이 아니라고 여겼기에, 설령 아무도(나조차) 날 사랑해주지 않더라도 나는 그 사실을 덤덤히 받아들일 수 있다.

사실 지금 맥주 한잔하고 살짝 알딸딸한 상태다. 열심히 쓴다고 썼는데 다시 읽어보니 무슨 소리인지 도통 모르겠다. 아마도 이것은 좋은 글이 아니다. 그런데 또 그렇게 따지면 좋은 글의 기준은 또 뭘까 싶기도 하다.

그러니까 내가 하고 싶은 이야기는 이렇다.

'자존감이 높고 낮고 너무 신경 쓰지 말자. 높으면 높은 대로 낮으면 낮은 대로 편하게 살자. 남한테 피해만 안 주면 되지, 뭐.'

귀하지 않으면 어떤가, 조금 하찮으면 어떤가, 완벽하지 못하기에 사람인 것을. 하릴없이 미완으로 끝맺

을 수밖에 없는, 아무도 모를 결말이기에 그나마 인생
이 덜 지루한 것 아닐까.

한밤중의
깨달음

시곗바늘이 자정을 조금 비켜 자리를 잡는다. 이제 막 오늘은 어제가 됐다. 누운 지 한 시간 반째, 도통 잠이 오질 않는다. 불면증은 아니다. 나는 밤 10시에 아메리카노를 때려 넣고도 바로 정신을 놓을 수 있는 인간이다. 그런 내가 지금 이부자리에서 뒤척거리며 잠들지 못하는 이유는 딱 하나.

'배고파.'

저녁을 일찌감치 대충 때운 게 문제였나 보다. 웬일로 입맛이 없다 싶었지. 스스로를 과소평가했다. 억지로 눈을 감아보지만, 눈치 없는 내 위장은 아직 잠들 생각이 없는 듯하다. 뱃속은 이미 꼬르륵꼬르륵 난리가 났다.

사실 2n년차 다이어터에게 이런 고비는 비단 어제 오늘만의 일이 아니다. 남들은 내가 먹는 양에 비해 살이 안 쪘다고 하는데, 그 뒤편에 야식을 거부하려는 피나는 노력이 있다.

배가 고프나 고프지 않으나, 다시 말하면 언제나, 그러니까 매일 밤, 야식의 유혹과 싸운다. 보통은 나의 승리로 끝나지만 오늘은 어째 고전을 면치 못하고 있다. 오후 내내 회사 일로 골치를 썩은 게 단단히 한몫을 차지하는 것 같다. 하루 종일 입맛이 없다 이런 식으로 터지는 것을 보니 말이다.

'에라 모르겠다. 일단 먹고 보자.'

이불을 박차고 몸을 일으켰다.

***

40분쯤 기다리니 반가운 손님이 문을 두드린다. 배달 기사님이 어찌나 빠르게 달려왔는지 건네받은 봉

지가 따뜻하다 못해 뜨겁다. 종이상자의 빈틈으로 쉴
새 없이 피어오르는 연기와 고소한 기름 냄새. 야식의
대명사가 왜 치킨인 줄 알아? 언제 어디서나 군말 없
이 달려와주는 것은 얘뿐이거든.

'와, 쟤는 점점 더 말라가네.'

날씬하다 못해 깡마른 여배우의 가느다란 각선미를
감상하며, 남의 다리를 뜯는 기구한 삶이여. 서른이 넘
으니 먹는 것 이상으로 찌고, 움직이는 만큼도 안 빠지
고 버티는 끈질긴 살이여.
그렇게 오밤중에 닭다리를 뜯다 보면 평소 마음에
담아둔 철학적인 질문들이 슬쩍 고개를 든다.

'대체 왜 치킨은 밤에 더 맛있는 걸까?'
'당최 왜 맛있는 건 다 살이 찌는 걸까?'

대답은 굳이 고민하지 않는다. 어차피 인간은 야식
의 미스터리를 풀 수 없다. 그저 순응하거나 저항할 뿐
이다. 오늘의 나는 순응을 택했다.

적어도 지금 이 순간만큼은 나를 잠 못 들게 한 수많은 이유를 떨쳐낼 수 있으니까 만족한다. 다만 세상에 공짜는 없으니, 한밤중에 치킨을 소환하기 위해서는—돈 2만 원을 제외하고도—작은 대가를 치러야 한다.

'멍청아, 이 시간에 꼭 먹었어야 했냐!'

그 대가는 바로 뒤늦게 찾아오는 약간의 자괴감이다. 못 참고 야식을 먹은 날은 매번 이런 식이다. 포만감이 주는 행복과 그새 더 뱃살이 불어난 것 같은 자괴감 사이에서 한참을 방황한다. 그러다 닭 한 마리 무게만큼의 후회를 팔뚝, 허벅지, 복부에 골고루 나누고 다시 주섬주섬 침대로 돌아가 눕는다.

마음 같아서는 섭취한 칼로리를 도로 다 빼내고 잠들고 싶다. 하지만 그만한 의지가 있었으면 애초에 먹지도 않았을 테지. 배가 부르니 금세 나른해진다. 슬금슬금 감겨오는 눈꺼풀, 침대를 뚫고 바닥으로 꺼질 듯 무거운 팔다리……. 야식을 끊으면 오래 산다는데…….

깜박깜박 의식이 꺼져가는 와중에 엊그제 본 신문 기사 한 줄이 문득 뇌리를 스친다. 그 기사를 쓴 사람에게 묻고 싶다. 야식을 끊으면서까지 오래 살아야 할 이유가 대체 뭐냐고.

밤새 지방으로 치환될 오늘의 후회는 내일의 나에게 맡기기로 한다. 한껏 두둑해진 배를 토닥거리며 나는 비로소 편안히 잠들 수 있었다.

후회하고 다시 다짐하는 것, 이 또한 인생인지라. 닭다리 하나에 위로받는 가련한 영혼이여, 한 점 살코기에 오늘의 번뇌를 훌훌 털고 통통 부은 몸뚱이로 무거운 내일을 맞이하리라.

식성에 관한
단상

이 책을 쓰는 사이 나는 유부녀가 되었다. 연인에서 부부가 되기까지, 그 일생일대의 결심을 하게 만든 수많은 조건 중에 꽤 큰 비중을 차지했던 것은 바로 '식성'이었다.

'꼬꼬마 새댁'이 감히 단언컨대, 속궁합보다 중요한 것이 식궁합이다. 잠자리야 많아 봐야 하루에 한 번(?)이라지만, 밥은 하루 세 번을 먹는다. 혹여 당신이 죽을 때까지 1일 1식만 한다 해도, 평생 밥 먹는 횟수가 평생 섹스 횟수보다는 많을 것이다. 그러니까 매일 같이 얼굴을 마주하고 밥을 먹을 사람과의 식궁합이 얼마나 잘 맞느냐는 인생의 질을 좌우한다고 해도 과언이 아니다.

나로 말할 것 같으면 토속음식점을 운영했던 엄마

밑에서, 여덟 살 때부터 들깨죽과 누룽지에 길들여진 깊은(?) 입맛을 가지고 있다. 20대를 함께한 저염식 다이어트 덕에 지금도 슴슴한 간을 선호하고, 맥주 한 캔도 다 못 마시지만, 각종 국밥류를 제패한 해장국 킬러다. 밀가루로 한 끼를 때웠으면 그다음 끼니는 무조건 밥을 먹어야 속이 편안한, 진정한 쌀의 민족이다. 인생이든 음식이든 날로 먹으려는 경향이 있어서인지 스테이크보다는 육회를, 고등어구이보다는 고등어 초밥을 더 좋아한다.

남편으로 말할 것 같으면 집안 대대로 돈가스 매니아의 피를 물려받았다. 하루에 한 끼는 돈가스를 먹어도 위장에 문제가 없단다. 해산물보다는 육류를, 육류 중에서도 소보다는 돼지파다. 매운 음식을 먹을 때면 망설임 없이 최고 단계를 선택할 정도로 자극적인 맛에 강하고, 청양고추와 와사비 없이는 못 살며, 해장 메뉴로는 주로 매운 짬뽕을 먹는다. 아, 케첩은 냉장고 필수품이다.

결혼식 올리고 얼마 안 되었을 때 친정에서 함께 달걀말이를 먹을 일이 있었는데, 냉장고에 케첩이 없는 것을 보고(엄마는 평생 케첩을 돈 주고 사본 일이 손에 꼽을 정도다) "나 장가 잘못 온 것 같아,"라는 실언(?)한 적도 있다.

이렇게만 보면 극과 극인 것 같지만 다행히 우리의 식궁합은 꽤 잘 맞는 편이다. 와사비를 좋아하는 남편은 초밥도, 육회도 잘 먹는다. 나는 캡사이신의 자극적인 매운맛은 싫어하지만 청양고추의 알싸한 매운맛은 좋아한다. 둘 다 특별히 가리는 음식은 없으나 향신료가 많이 들어가거나 너무 특이한 재료의 요리는 선호하지 않는다.

내 입맛에 짜면 내 몫의 음식에만 물을 더 부으면 되니 문제가 없다. 먹고 싶은 음식이 매번 서로 같았던 것은 아니지만 조율이 가능한 교집합의 범위가 꽤 큰 덕분에 식사 메뉴를 정할 때 서로 스트레스를 받았던 적이 없다.

***

지금 남편을 만나기 전 잠시 스쳤던 인연 하나가 떠오른다. 친구의 소개로 연락만 주고받다 처음 만나기로 한 날, 그 사람은 꽤 근사한 이탈리안 레스토랑을 예약하는 센스를 보여주었다. 가장 먼저 불쑥 든 생각은 '파스타보단 매운 갈비찜이 더 좋은데……'였지만, 첫 만남부터 땀 뻘뻘 흘려가며 양념 묻은 손가락을 쪽쪽 빠는 몰골을 보일 수는 없으니 기꺼이 그의 성의를 따르기로 했다.

준수한 외모에 적당한 젠틀함까지 갖춘 그의 유일한 단점은 매운 음식과 날음식을 못 먹는다는 것이었다. 당시에는 그깟 게 뭐 대수인가 싶어 다음 만남을 약속했다.

두 번째 데이트를 하던 날의 메뉴는 '안 매운' 닭갈비였다. 안 매운 닭갈비라니! 세상에 그런 메뉴도 존재했던가. 잠시 후 모습을 드러낸 닭갈비는, 고춧가루 컬러만 덧입은 달달한 어린이용 양념치킨 같은 맛이었다. 맛이 없지는 않았으나 내장 한 구석에서 느껴지는 느끼함에 애꿎은 고추피클만 세 번 넘게 리필했다.

그와의 마지막이 된 세 번째 만남에서는 비싼 소고기를 먹으러 갔다. 그 식당의 시그니처 메뉴인 '육회탕탕이'를 차마 시키지 못했던 내 심정을 누가 알까. 그날 데이트가 끝날 때까지 내 머릿속엔 온통 '다음에 오면 꼭 육회탕탕이를 먹어봐야지'라는 생각뿐이었다.

그와 내가 스치는 인연으로 끝난 이유가 꼭 식성 하나 때문이라고는 할 수 없지만, 돌이켜보면 여타의 다른 이유들도 결국은 식성에서 비롯되었다. 매운 것 빼고, 날것 빼고 하다 보면 아무래도 나보다는 그 사람 위주로 메뉴를 정할 수밖에 없었다. 처음에는 극복할 수 있을 거라 생각했다.

'까짓것, 며칠 만에 만난 사람과 겨우 한 끼 같이 먹는데 맞춰주지 뭐.'

큰 착각이었다. 뭔가 나만 희생하는 것 같아서(상대방은 잘못한 것도 없는데) 묘한 짜증이 밀려왔다. 그와 함께하는 식사 시간이 그다지 즐겁지 않았고 기다려지지도 않았다. 오히려 데이트가 일찍 끝나길 바라며 이따 집에 가서 고춧가루 팍팍 넣고 낙지볶음 해먹을 생각에 들떴더랬다.

'입맛'이란 것도 '마음'과 별반 다르지 않다. 억지로 누군가를 사랑하거나 미워할 수 없듯, 입맛도 내가 바꾸고 싶다 하여 쉽게 바꿀 수 있는 것이 아니다. 그저 내버려두고, 세월에 따라 서서히 변해가기만을 바랄 뿐이다. 그나마 입맛이 마음보다 다루기 쉬운 점은, 선택의 여지가 있다는 것이다. 식성을 바꾸기 어렵다면, 식성을 바꾸지 않아도 되는 상대를 만나면 그만이다.

잠들기 전 의식처럼 SNS 탐방을 한다. 오늘 밤에도 수많은 맛집들이 나를 유혹한다. 그중에서도 지금 이 순간 가장 눈에 띄는 피드는 얼큰한 맛이 일품이라는, 집 근처에 새로 오픈한 버섯전골집이다. 나는 곧장 남편에게 링크를 보냈다. 몇 초 지나지 않아 답장이 온다.

— 내일 가자.

정작 내일 아침에 눈뜨면 다른 음식이 더 당기겠지만, 어쨌거나 야밤에 이런 소소한 욕구를 공유하며 애정을 확인한다. '내일은 또 뭘 먹을까?' 하는 고민이 즐겁다. '아무리 맛있는 음식도 혼자보다는 같이 먹을 때 더 맛있다'라는 그 흔해 빠진 진리가, 유난히도 공감이 가는 요즘이다.

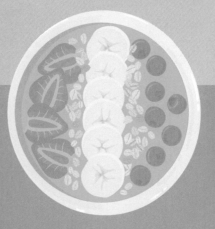

CHAPTER 4

밥값만큼 비싸도
디저트를 외면할 수는 없는걸

낭만은
구황작물로부터

차고 까만 밤, 온기와 밝기가 필요한 이들을 데워주고 밝혀주는 것은 피어오르는 모닥불 하나와 처마에 걸어놓은 알전구 몇 개가 전부다. 마주 앉은 두 쌍의 눈동자가, 커다란 불꽃에서 간간이 떨어져 나오는 연약한 불씨의 마지막 승천을 멍하니 지켜보고 있다.

— 이런 걸 '불멍'이라고 한다지.

멍 때리기 대회라도 나간 양 누구 하나 먼저 입을 열지 않던 와중, 나지막이 귓가를 울리는 목소리에 어쩐지 나른해진다. 나는 무어라 대답을 하는 대신 접어 올린 무릎 위로 덮어둔 담요를 어깨까지 끌어올렸다.

'이렇게 추운데도 졸음이 오는구나.'

애써 노곤함을 쫓으며 다시 모닥불에 정신을 집중했다. 저 불타는 나뭇조각 사이에 숨겨놓은 은박 포장지의 작은 선물들을 곧 풀어봐야 하니까.

고백하자면 나는 고구마, 감자, 옥수수를 즐겨 먹는 편은 아니다. 고구마는 가끔 다이어트할 때 식사대용으로만, 감자는 햄버거 세트 먹을 때 프렌치프라이로만, 옥수수는 오로지 횟집 밑반찬으로 나오는 뜨거운 철판 위 버터 듬뿍 콘치즈로만 먹는다.

하지만 오늘처럼 낭만이 있는 밤에는 조금 다르지. 지금 우리 사이에서 익어가고 있는 것은 단순한 구황작물이 아니라, 어느 겨울밤의 색다른 분위기다.

뜨거움을 감수해가며 정성스럽게 껍질을 까는 투박한 손길에 괜스레 흐뭇해진다. 촌스럽다고 해도 어쩔 수 없지만, 그런 소소한 행동에서 여전한 애정을 느낀다.

고구마를 식히기 위해 연신 호호 불어대는 하얀 입김, 손이 더러워진 것도 모르고 콧물을 훔치는 바람에 까매진 그의 양 볼, 깔깔거리면 웃다 문득 시선 끝에 닿은 밤하늘의 작은 반달……. 지금 우리를 둘러싼 모든 게 그냥 다 좋았다. 그러니까 오늘은 고맙다는 표현 대신 그가 주는 선물을 맛있게 먹어야지.

　　— 왜 같은 음식도 밖에서 먹으면 더 맛있는 걸까?
　　— 누구랑 먹느냐에 따라 다른 거 아닐까? 아, 뜨거!

　오호통재라, 어째 불안하더니 먹음직스럽게 익은 고구마 하나가 기어코 흙투성이가 되고 말았다. 울상이 된 검댕 묻은 얼굴로 "거의 다 깠는데."라며 아직도 김이 피어오르는 노란 속살을 안타깝게 바라본다.

　어쩔 줄 몰라 하던 그가 이번에는 목장갑을 단단히 낀다. 그리고는 고구마 대신 감자 하나를 집어 은박지째 반으로 가른다. 뽀얗게 드러난 감자의 속살, 그 위로 미리 잘라둔 버터 한 덩이를 올려 나에게 건넨다. 뜨거운 기운에 버터가 금세 녹아 스며들었다.

　　— 이거 먹어봐. 진짜 맛있어.

　프렌치프라이가 아닌 감자가 맛있다는 말이 못 미더웠으나, 코끝에서 진하게 느껴지는 버터향이 왠지 그의 말에 신빙성을 더해준다. 챙겨준 사람의 성의도 있으니 일단은 받아들였다.

'버터는 어디에 발라 먹어도 진리니까. 그리고 무엇보다도 그가 옆에 있으니까.'

듬성듬성 쌓인 하얀 눈 위로 까만 밤이 스며든다. 타닥타닥 타오르던 모닥불은 어느새 다 스러지고 군데군데 불씨만 남았다. 가는 밤이 아쉬워 쉬이 잠들지 못하는 두 쌍의 눈동자가 하릴없이 사라지는 붉은 빛의 최후를 지켜본다. 부디 마지막이 외롭지 않았기를…….

그리고 나는, 지금 이 순간 너와 함께 있어 다행이라는 말 대신 이렇게 전한다.

— 오늘 먹은 감자와 고구마는 최고였어.

어쩌면 우리가 구운 것은 구황작물이 아닌 낭만이었을까. 혹은 낭만의 이면이었을까. 차고 까만 겨울밤, 네가 있어 다행인 밤을 기억해.

내 맘이
내 맘 같지
않아서

식후에는 두말할 것 없이 아이스 아메리카노이지만,
매번 계산대 앞에서 나를 갈등에 빠뜨리는 메뉴가 하
나 더 있다.

— 아이스 아메……, 아니, 아이스 녹차 라떼로 주세
요.

녹차, 말차, 그린티, 뭐, 이런 초록 비슷한 글자만 들
어가면, 한번쯤 꼭 먹어봐야만 직성이 풀린다. 유년 시
절부터 함께해온 초코에 물리려 할 즈음 운명처럼 찾
아온 달콤쌉싸름한 그 맛에 반한 나는 이른바 '녹차 덕
후'다.

오죽하면 녹차를 테마로 한 레스토랑을 차리려고 진

지하게 구상해봤을까. 녹차 밥에 녹차 된장찌개, 녹차 제육볶음, 녹차 갈치구이를 메인 메뉴로 하고 녹차 케이크, 녹차 라떼, 녹차 아이스크림 따위를 디저트로 내어놓는 레스토랑을 생각해봤다. "너 아니면 누가 그런 걸 먹어?"라고 갖은 타박을 받기는 했지만 손수 차를 재배하기 위해서라면 당장에 귀농이라도 할 기세였으니, 나의 녹차 사랑이 어느 정도였는지는 더 말하지 않겠다.

— 아이스 녹차 라떼 한 잔 나왔습니다.

음료를 받아들고 카페를 나섰다. 녹차 덕후 10년 차, 적당히 진한 초록빛이 도는 것이 안 먹어봐도 알 수 있다.

'이건 찐이야!'

보통 연두색 녹차 라떼는 녹차맛보다 설탕맛이 더 난다. 색이 진할수록 쌉쓰름한 녹차맛이 풍부하게 올라온다. 누군가는 풀맛 같다고 표현하던데, 어쨌거나 나는 그 풀맛 때문에 녹차를 좋아하니까. 한껏 기대감에 부풀어 초록빛 액체를 한 모금 크게 들이켰다. 아니 그런데 이 맛은……!

'그냥 아메리카노 시킬걸.'

얼마 전부터 생긴 이상 반응이다. 입맛이 변한 것인지 어떻게 된 것인지 정확히는 모르겠지만, 요즘 들어 녹차 라떼를 시키면 반도 못 먹고 내려놓기 일쑤다. 녹차 라떼뿐만이 아니라 녹차 아이스크림, 녹차 케이크 등 그 어떤 맛있다는 녹차 디저트에도 좀처럼 구미가 당기지 않는다.

'널 향한 내 마음은 변함이 없는데, 내 몸이 너를 거부한다.'

그런데도 계산대 앞에만 서면 매번 미련을 거두지 못하고 '녹차 뭐시기'를 시키고야 만다. 결국 아이스 아메리카노까지 추가로 주문해 음료를 두 잔이나 먹는 사치를 부리게 되고 만다.

원체 조금 변덕스러운 성격인 것은 인정한다. 그로

인해 지금껏 살아오면서 무엇 하나 끈기 있게 좋아해 본 적이 없었던 것도 맞다. 더군다나 요즘 같아서는 내 마음을 나조차도 모르겠다.

그러다 보니 무언가에 마음을 빼앗기는 일이 그리 달갑지만은 않다. 애착의 대상이 녹차 라떼 따위면 상 관없지만, 혹여 나의 이 못된 변덕이 사람에게까지 적 용될까 겁이 난다. 사랑도 금세 싫증낼까 봐. 그래서 너에게 상처를 줄까 봐.

사랑에 빠지는 일이 나의 의지대로 되지 않는 것도 문제이지만, 그보다 더 큰 문제는 어느 날 갑자기 까닭 도 없이 돌아서버린 마음이다. 사랑이, 더 이상 사랑일 수 없음을 돌연 깨달았을 때 말이다.

— 우리, 그만 하자.

걷잡을 수 없이 멀어진 감정은 얼음물을 끼얹은 듯 한순간에 둘 사이의 모든 것을 꺼뜨려버렸다. 어안이 벙벙해져 왜 그러느냐고 묻는 네게 나는 아무 대답도 해줄 수가 없었다. 이유 따위는 없었으니까. 있다 한들 나로서는 알 수가 없었으니까.

하자로 인한 변심이야 서로 납득이 가능하다지만, 마땅한 사유가 없는 단순 변심은 어떻게 해야 하는 걸까. 옷은 반품이라도 하고 녹차 라떼는 안 마시면 그만인데, 사랑은 함부로 무를 수도 없는 것을……

내 '덕후력'이 고작 이 정도밖에 되지 않음을 뼈아프게 인정해야만 했던 그날 이후, 녹차 덕후로서의 삶은 그만 접어두기로 했다.

무언가를 혹은 누군가를 진득하니 좋아하는 것조차 쉽지 않은 이 변덕스런 마음을 대체 어찌할꼬.

봄을 기다리는
이유

어느 봄날, 장을 보러 간 엄마가 쑥향이 좋다며 쑥 한 팩을 사 오셨다. 우리집은 부침개를 자주 해 먹는 편이라 파부침개, 김치부침개, 해물부침개는 익숙하다. 그런데 쑥부침개는 조금 생소하다.

　'쑥은 보통 명절에 쑥떡으로나 접하는 식재료 아닌가?'

　맛이 의심스러운 것도 잠시, 이내 풍겨오는 고소한 기름 냄새와 향긋한 쑥향에 마음을 빼앗긴다.
　엄마의 부침개는 아주 소량의 밀가루로 반죽하고 넉넉한 기름으로 부치는 것이 특징이다. 그렇게 하면 굉장히 얇고 바삭한 부침개가 만들어진다. 어릴 적부터 부침개 가장자리만 골라먹는 딸의 못된(?) 습성을 일찍이 파악한 엄마의 노하우다. 아무튼 내가 잘 먹으니 한동안 우리집 밥상에는 쑥부침개가 매일같이 올라왔다.

하루는 식사를 마치고 달달한 후식이 당겼는데, 집에 딱히 후식으로 먹을 만한 음식이 없는 것이 아닌가. 배달은 배달비가 아깝고, 나가서 사 오려니 또 귀찮고. 매의 눈으로 부엌을 훑던 도중 시선을 끈 것이 있었으니, 바로 조금 남은 쑥부침개 반죽이었다.

프라이팬에 기름을 붓고 얼마 안 남은 반죽을 몽땅 털어 넣었다. 따끈따끈하고 바삭바삭하고 자그마한(그리고 못생긴) 쑥부침개 한 장이 금세 탄생했다. 금방 부쳐서 그런지 배가 부른 상태였는데도 군침이 돌고 어서 젓가락질을 하고 싶었다.

그런데 뭔가 아쉬웠다. 후식으로서 중요한 '달달함'이 빠졌다. 내 혀는 지금 단맛을 원한다. 어울리는 짝을 찾아 각종 소스가 모여 있는 부엌 찬장을 열어보았다. 마침 유리병 하나가 눈에 띄었으니, 바로 조청이었다.

작은 종지에 조청을 부었다. 꿀보다 되직한 것이 보기만 했는데도 혈당이 솟는 것 같다. 적당한 크기로 찢은 부침개 한 조각을 조청에 찍어 한입에 쏙 넣었다.

'오? 생각보다 괜찮은데?'

부침개는 간장에 찍어 먹어야만 하는 줄 알았는데, 조청에 찍어 먹으니 뭔가 인당 25만 원짜리 고급 한식 오마카세집(가본 적은 없다)에나 나올 것 같은 조합이다.

이 멋진 발견을 혼자만 아는 것은 매우 이기적인 처사다. 언젠가 내가 누군가에게 요리를 대접할 일이 생긴다면, 꼭 이 메뉴를 코스에 넣으리라. 그렇게 '조청에 찍어 먹는 못난이 미니 쑥부침개(요즘 파인 다이닝은 요리 이름을 길게 짓는 게 대세라 한다)' 메뉴가 탄생했다.

슬프게도 여름이 다가오니 쑥을 보기가 힘들어졌다. 올해 마지막으로 먹은 쑥부침개는 줄기의 섬유질이 느껴질 정도로 억셌다. 그마저도 먹을 수 없다니 나로서는 여간 아쉬운 일이 아니다.

아무리 농업 기술이 발전했다고는 해도 여전히 자연의 허락을 구해야만 하는 일이 많다. 날씨와 계절이 특히나 그렇다. 내가 사랑하는 쑥부침개와 조청의 조합을 다시 만나려면, 하릴없이 내년 봄을 기다려야 한다.

쑥을 대신해 여름에는 부추, 가을과 겨울에는 배추로 부침개를 부친다. 여름에 먹는 부추부침개와 추울 때 먹는 배추부침개도 맛있지만, 그래도 여전히 나의 '최애'는 조청에 찍어 먹는 쑥부침개다.

내가 봄을 기다리는 이유는 아주 사소하다. 하지만 그 기다림 덕분에 내 삶은 한층 더 무르익는다. 긴 겨울 끝에 어느새 다시 여린 고개를 내미는 향긋한 쑥처럼 말이다.

단쓴단쓴의
진리

내가 삶을 바라보는 시선은 부정적인 쪽에 좀 더 가깝다. 모든 생명체는 자신의 선택과는 무관하게 태어나니, 사실 생(生)을 이어가는 일이란 기본적으로 고달픔의 연속이다. 먹고살기 위한 몸부림, 그 이상도 이하도 아닌 것이다.

하루의 1/3은 생명 유지를 위한 수면, 또 5/12는 생활 유지를 위해 울며 겨자 먹기로 회사에 투자해야 하고, 남은 1/4을 겨우 쪼개고 쪼개야 먹기, 씻기, 화장하기, 출퇴근하기 등을 포함한 기타 여가 생활이 가능하다.

이 얼마나(분수 계산하느라 힘들었다) 비효율적인가. 그나마 남은 1/4도 안 되는 시간 동안 즐거운 일 하나도 찾지 못하는 날이면 그야말로 내가 지금 무얼 위해 이리 아등바등 사는 것인지, 시도 때도 없이 회의감 혹은 무기력함이 찾아온다.

***

그날은 늦은 오후가 되어서야 겨우 이불 속을 벗어날 수 있었다. 바닥에 발을 딛는 순간, 눈앞이 깜깜해지더니 머리가 핑 돈다. 너무 오래 누워 있었나 보다.

잠시 벽을 짚고 서서 정신을 차리고는 습관처럼 냉장고 문부터 열었다. 먹다 남은 반쪽짜리 치즈 케이크가 눈에 들어왔다. 주말에 드라이브하다 우연히 들른 카페에서 맛있어 보이길래 샀는데, 너무 달아서 다 못 먹고 넣어두었다.

케이크를 꺼내고 주전자에 물을 올렸다. 색이 고운 머그잔에 인스턴트 커피가루를 담고, 펄펄 끓는 물을 부으니 금세 향긋한 아메리카노가 완성됐다. 다디단 케이크 한 입에 쓰디쓴 커피 한 모금은 내가 가장 사랑하는 조합이다.

거실 가득 쏟아지는 햇살이 눈부시다. 계절이 바뀌어도 늘 오후 3시의 햇살은 변함이 없다. 남서향을 바라보는 우리 집은 이때쯤 가장 아늑하고 따뜻한 분위기를 자아낸다. 노랗게 물든 거실이 오늘따라 유독 예뻐 보여서 괜스레 기분이 좋아졌다.

좀처럼 만족할 줄 모르는 야박한 마음에 작은 행복감이 가을 낙엽처럼 차분히 내려앉는다. 스스로에게 선사하는 유일한 사색의 시간, 때로는 별것 아닌 찰나의 순간들이 나를 미소 짓게 한다. 일상에서 누릴 수 있는 소소하지만 확실한 행복이다.

마지막 치즈 케이크 한 입을 입에 머금고, 커피 한 모금을 더했다. 달고 쓰다 이내 어우러지더니 동시에 사라진다.

그러니까 단쓴단쓴의 원리로 생을 이해하자면 이렇다. 대체로 쓴맛이고 아주 가끔 그것을 중화시켜주러 단맛이 찾아오는데 생은 그 단맛을 기다리는 일의 반복이랄까.

아메리카노 없이는 달달한 케이크 한 쪽도 채 다 먹지를 못하니, 어쩌면 "고통이 있어 행복도 있다."라는 말이 완전히 틀린 이야기는 아닐 것이다. 다만 내 의지대로 그 빈도를 조절할 수 있느냐 아니냐의 차이일 뿐이다.

오늘따라 아메리카노가 너무 쓰다 싶을 때는 물을

더 타면 그만이고, 케이크가 모자를 때는 하나 더 주문하면 그만이다. 하지만 인생은 내 마음대로 농도 조절을 할 수 없다. 도대체 주문한 케이크는 언제 나오는지 알지도 못한 채 쓰디쓴 아메리카노만 속절없이 마시며 마냥 기다리는 것이 인생이다. 그래서 때로는 믿지도 않는 종교의 힘을 빌린다.

'하느님, 부처님, 이번 커피는 많이 쓰네요. 탄맛도 좀 나는 것 같고요. 저번에 주신 치즈 케이크는 너무 작아서 진즉에 다 먹어치웠는데, 빨리 새 케이크 한 조각만 배달해주시면 안 될까요. 이번에는 조금 큰 조각으로 부탁드려요. 그래도 며칠은 먹을 수 있어야 할 것 아닙니까.'

아플 걸
알면서도
그대를 찾습니다

나는 매운 음식을 좋아한다. 오해하지는 마시라. 나도 매운 음식을 먹을 때는 눈물 콧물 쭉 뺀다. 매운 음식을 좋아한다는 말은 말 그대로 좋아한다는 것이지 마치 통각이 없는 사람처럼 아무렇지 않게 먹을 수 있다는 뜻은 아님을 참고해주었으면 한다.

＊＊

　내가 캡사이신에 절인 엽기적인 매운맛의 떡볶이와 처음 만난 것은 지금으로부터 10년 전, 그러니까 대학을 갓 졸업하고 직장인으로서 첫발을 막 디뎠을 때였다.
　완전히 달라진 생활에 새로이 적응하느라 정신이 없던 내게 "점심 같이하실래요?"라며 먼저 손을 내밀

어준 사람은 동갑내기 선배였다. 맡은 업무까지 같았던 우리는 금세 가까워졌고 종종 점심을 함께하는 사이가 되었다.

— 이따 엽떡 콜?

예쁘장한 얼굴과는 달리 털털한 식성을 가진 그녀가 제안하는 메뉴는 선지국, 내장탕, 순대국 같은 국밥 종류가 대부분이었다. 그 외에 맵고 짜고 자극적인 음식도 유난히 좋아했는데, 짠맛만 빼면 그녀와 나의 입맛은 대체로 잘 맞는 편이었다. 그래서 그날도 나는 그녀의 제안을 기꺼이 따랐다.

주문을 마친 선배는 한동안 말이 없었다. 처음 보는 그녀의 어두운 표정에 내가 먼저 입을 열었다.

— 무슨 일 있어? 얼굴이 안 좋아 보이는데.
— 나 어제 헤어졌어. 이번엔 진짜 끝인 것 같아.
— 너 얼마 전에도 똑같이 말했던 걸로 기억하는데.
— 아니야, 이번엔 진짜야. 흑흑.

그녀에게는 3년을 만난 남자친구가 있었다. 말이 3년이지, 그중 헤어져 있던 기간을 제외하면 사귄 날은 2년이 채 안 된다고 했다. 횟수로 치면 벌써 대여섯 번은 넘게 서로 헤어지자는 통보를 주고받았다고.

어젯밤, 언제나처럼 익숙하게 이별을 말하고 돌아서는 그의 뒷모습에서 그녀는 그간 아슬아슬하게 매어놓았던 둘의 관계가 완전히 끊어졌다는 것을 직감했다고 한다.

— 참 웃기지. 언젠가 이렇게 될 줄 알았는데, 그동안
　 왜 그리 미련하게 놓지 못했는지…….
— 감정이란 게 어찌 내 맘대로 되겠냐.
— 그러니까. 더 짜증나는 건, 난 이 빌어먹을 연애를
　 언젠가 또 하게 될 거라는 거야.

때마침 등장한 점원이 우리가 주문한 떡볶이를 잽싸게 놓고 사라졌다. 이후에도 선배의 푸념은 한참 이어졌는데, 내용은 잘 기억나지 않는다. 정확히 말하면 더는 귀에 안 들어왔다. 캡사이신에 절어 불이 난 입술은 단무지와 쿨피스로도 진정이 되질 않았다. 머릿속

은 온통 주둥이에 난 불을 끄느라 바빠서, 외부에서 들려오는 소리에 집중할 여력이 없었다.

그리고 그날 밤, 나는 누군가 내 위장을 쥐어짜는 듯한 고통에 뜬눈으로 밤을 새워야 했다.

**

— 가벼운 위경련이네요. 당분간 음식 조심하시고, 약 처방해드릴 테니 잘 챙겨 드세요.

한동안 모든 매운 음식을 끊고 죽으로만 생명을 부지했다. 나 같은 엄살쟁이에게 가벼운 위경련의 통증이란, '제가 어리석었습니다. 제발 살려만 주시면 다시는 매운 떡볶이 따위 쳐다도 안 볼게요'라는 기도가 절로 나올 정도였다. 그렇게 꼬박 이틀을 시달리고서야 내 위장은 겨우 안정을 찾았다.

고통에 못 이겨 아무렇게나 내뱉은 기도는 끝내 지키지 못했다. 그 지독한 아픔을 겪고도 잊을 만하면 간간이 매운 떡볶이가 생각난다. 말도 안 되게 매운 것 빼고는 특별한 맛이 있는 것도 아닌데, 생각나니 당황

스러울 뿐이다. 일부러 고통을 즐기는 마조히스트도 아니고, 나조차 나를 이해할 수 없었다.

그러다 결국 못 참고 매운 떡볶이를 시켜 먹은 날 밤이면 다시 어김없이 위경련이 찾아온다.

'오늘은 신경 써서 조심히 먹었는데 왜 또 이러지. 야, 이 바보야, 조심조심 먹는다고 덜 맵냐. 아픈 게 싫으면 아예 먹질 말았어야지.'

한입 가득 머금는 순간 분비되는 도파민과 아드레날린, 곧이어 찾아오는 눈물과 콧물의 향연. 마치 오늘을 위해 쌓아온 듯 그간의 온갖 걱정과 근심이 한 방에 씻겨 내려간다. 하지만 개운함도 잠시뿐이다.

사랑은 필연적으로 감정의 고통을 수반한다. 상처받지 않겠다고 조심스럽게 마음을 연들 무슨 소용이랴, 천천히 여나 확 열어젖히나 닫히는 순간에는 다 똑같이 쿵 하고 심장을 때려 맞은 듯 아픔을 감당해야 하는 것을. 그럴 걸 알면서도 시간이 지나고 나면 또다시 사랑을 갈망한다. 과거의 통증 따위 아무래도 상관없다는 듯이, 벌써 다 잊은 듯이 사랑하고 거듭 아파한다.

매운 떡볶이를 끊는다면 그날부로 밤새 시달릴 위

경련과도 비로소 안녕할 수 있을 텐데……. 그럼 더는 아프지도 않을 테고, 못난이처럼 눈물 콧물 흘릴 일도 없을 텐데…….

열정적이었던 내 모습도, 우리의 행복했던 순간도, 고통도 못 느끼는 대신에 더 이상의 희열도 없겠지. 두 번 다시 사랑 따위 하지 않겠다는 다짐은, 다시는 매운 떡볶이를 먹지 않겠다는 지키지 못할 약속과 같다.

아플 줄 알면서도 나는 또다시 너를 찾는다. 이 중독성 쩌는 매운맛 같으니라고.

그리움을
견디는
방법

— 이번 주말에는 오랜만에 식혜나 좀 만들어볼까.

산책을 다녀와서 두봄이의 발을 닦아주던 엄마가
무심히 말을 꺼냈다.

— 오, 웬일이셔? 전에 내가 만들어 달랬을 땐 귀찮으
  니까 사 먹으라더니?
— 너 먹으라고 만드는 거 아닌데? 나 먹으려고 하는
  건데?
— 아유, 네네. 그럼 저는 옆에서 쫌만 얻어먹겠습니다요.

'말은 그렇게 해도 딸내미 먹이려고 하는 거잖아. 내
가 엄마 맘 다 안다고, 호호.'

그러고 보니 엄마의 식혜를 맛본 지 꽤 오래되었다. 정확히 말하면 엄마의 식혜라기보다는 외할머니의 식혜라고 할 수 있겠다.

우리 집은 다른 건 몰라도 김치와 식혜만큼은 직접 담가 먹는다. 그렇게 맛있는 식혜는 어디에도 없다고 자부할 수 있을 정도로 외할머니가 만든 식혜는 특별했다. 엄마 말에 의하면, 단맛에 눈뜬 순간부터 나는 외할머니의 식혜를 달고 살았다고 한다.

세상의 식혜는 다 그런 맛인 줄 알던 어느 날, 시중에 파는 캔 식혜를 처음 맛봤을 때의 그 실망감이란. 단맛만 겨우 흉내 낸 액체는 흙탕물처럼 탁했고, 바닥에 가라앉은 밥알은 수시로 흔들어주어야 겨우 위로 떠올랐다.

그에 비하면 외할머니의 식혜는 맛도 맛이지만 향과 비주얼도 훌륭했다. 은은한 생강향이 감도는 노란빛이 맑은 액체, 그 표면 위로 동동 뜬 깨진 것 하나 없이 잘 익은 타원형의 밥알 그리고 후루룩 마시는 순간 밀려오는 기분 좋은 달달함은 충분히 중독적이다. 그 달달한 물결을 타고 입안으로 넘어온 밥알을 씹어 먹는 재미도 쏠쏠했다.

— 할머니 식혜는 왜 이렇게 예쁘게 생겼어?

— 우리 이쁜 손주가 먹는 거니께 이쁘게 만들었재.

전라남도 담양이 고향인 외할머니는 기본적으로 음식 솜씨가 좋으셨다. 엄마는 그런 할머니의 손맛을 그대로 물려받았다. 엄마가 요리연구가의 길을 걷지 않은 것이 나에게 더 한(恨)일 정도로—나의 요리 실력은 아빠를 닮은 것이 틀림없다—요리 실력이 수준급이다. 사실 식혜를 제외하고는 엄마가 외할머니에게 특별히 전수받은 레시피는 없다고 한다.

***

외할머니가 돌아가신 이후, 엄마는 한동안 식혜를 담그지 않았다.

— 할머니 보고 싶지 않아?

아차차, 그동안 왜 식혜를 담그지 않았냐고 묻는다는 게 그만 다른 질문을 해버렸다.

— 당연히 보고 싶지.

예상을 벗어나지 않은 대답이었음에도 순간 심장이 롤러코스터를 탄 듯 밑으로 내려앉았다. 괜한 얘기를 꺼냈나 싶어 눈치를 보니, 엄마는 담담한 얼굴로 여전히 두봄이 발만 닦고 있다.

— 노인네 보고 싶네, 언제 또 만날 수 있으려나.

내 시선을 느꼈는지 엄마가 말을 이었다. 목이 따끔 따끔한가 싶더니 순간 왈칵, 나도 모르게 눈물이 차올랐다. 괜히 서로 민망해질까 싶어서 엄마 몰래 슬쩍 눈가를 닦았다.

나의 외할머니가, 엄마에게는 엄마인데 어찌 보고 싶지 않을까. 엄마의 엄마가 더는 세상에 존재하지 않고, 엄마는 그런 엄마를 그리워한다. 어쩌면 엄마의 시간은, 외할머니를 떠나보낸 그날에 여전히 멈춰 있는지도 모른다.

— 엄마, 엄마를 잃은 슬픔은 어떻게 견뎌내는 거야?

따끔거리는 목구멍 안으로 삼키려던 질문이 나도
모르게 또 튀어나와버렸다.

— 돌아가시고 나서 한동안은 할머니 흔적만 봐도 눈
　물이 막 나니까.

엄마는 조금 무덤덤하게 이어 말했다.

— 될 수 있으면 할머니랑 연관된 건 생각하지 않으
　려고 했는데 이젠 그러지 않으려고. 생각나면 생
　각나는 대로, 그리우면 그리운 대로. 조금은 견딜
　수 있을 것 같은 기분이 들어.

세상에서 가장 소중한 존재를 떠나보내고도, 어떻
든 살아진다. 상실감에 몸부림치다 그래도 시간이 지
나면 예전처럼 밥도 먹고, 잠도 자고, 웃을 수도 있다.
　망각은 신의 선물이라 했던가. 적당히 흐릿해진 슬픔
을 가슴 한편에 묻고, 저마다의 방식으로 떠나간 이들
을 기억하고 또 추억한다. 죽음으로 마무리되는 존재의
유한성은 남은 이들의 기억 속에서 비로소 영원을 언

는다. 나는 그날, 엄마의 모습에서 나를 발견했다.

이번 주말에는 식혜 만드는 것도 배울 겸 엄마를 돕기로 했다. 엄마의 손맛을 통째로 흉내 내기에는 내 요리 실력은 이미 글렀다. 다만 식혜 하나라도 제대로 마스터해봐야겠다는 괜한 조바심 같은 게 들었다.

살다 보면 이따금 참을 수 없는 그리움을 마주해야만 할 때가 생길 것이다. 그럴 때 무언가 하나쯤은 정신을 쏟을 만한 대상이 필요할지도 모르겠다. 이왕이면 그 대상은 떠나간 이를 기억할 수 있는 일종의 매개체 같은 것이면 더 좋겠지.

언젠가 마주할 기나긴 이별 뒤에, 그리운 이들을 마음 한편에 오래오래 간직하며 살아갈 수 있게. 더는 이 세상에서 볼 수 없는 날이 온다 해도, 적어도 나의 기억 속에서는 영원히 존재할 수 있게.

레몬 크로플의

경제학

친정집 위층에 사는 이웃가족이 작은 카페를 오픈 했다는 소식을 들었다. 이전에도 종종 직접 만든 디저트를 맛보라며 가져다주곤 했는데, 그 맛이 예사롭지 않았다.

　특히 느끼함은 조금도 찾아볼 수 없는 티라미수, 겉은 바삭하고 속은 촉촉한 크로플은 웬만한 유명 디저트 가게보다 뛰어났다. 그뿐만 아니라 크로플 위에 올라가는 특제 크림은 누구나 한 번 맛보면 잊을 수가 없을 정도다. 그동안 먹고 싶어도 먹지 못했던 것을 언제든 사 먹을 수 있다니, 이웃가족의 카페 오픈 소식이 이보다 반가울 수 없었다.

　가오픈 날, 작은 선물을 하나 사 들고 카페로 향했다. '레몬'을 뜻하는 카페 이름과 어울리는 여러 송이의 노란 꽃이 테라스에 장식되어 있었고, 가게에 오는 손님을 가장 먼저 반겨주었다. 노란색을 메인 컬러로 꾸민 내부 인테리어는 상큼한 인상을 주었다.

— 오. 못 보던 메뉴가 많네요!
— 이것저것 연구를 좀 해봤지요. 저희 시그니처가 레몬 커드 크로플인데 한번 드셔보실래요?

메뉴에서 '레몬 커드 크로플'을 찾아본다. 그 옆에 가격을 보니 '6,500원'이다. 레몬과 크로플이라는 조합도 생소한데 디저트 중 가장 고가다. 내가 좋아하는 생크림이 올라간 기본 크로플은 4,800원인데, 그보다 1,700원이나 더 비싸다. 살짝 부담스러운 가격이다.

'올라가는 크림의 양도 기본 크로플보다 적어 보이고, 과일 맛이 나는 빵은 내 취향은 아닌데……. 흠, 고민이 되는군. 하지만 오늘은 오픈 첫날이니까 예의상이라도 추천 메뉴를 주문하는 것이 좋겠지? 사장님의 디저트 실력은 이미 검증되었잖아? 게다가 무려 시그니처 메뉴라고 하니 맛은 있겠지.'

잠깐의 망설임 끝에 아이스 아메리카노 한 잔과 레몬커드 크로플 한 개를 주문했다. 잠시 후, 생크림과 레몬크림이 총총 올라간 크로플 한 조각이 나왔다. 일단 비주얼은 합격이다. 생크림과 레몬크림을 잘 섞어, 한 조각을 크게 잘라 입에 넣었다.

'뭐야, 이거 왜 맛있어?'

레몬크림의 새콤함이 크로플의 달달함을 방해할 법도 한데, 의외로 너무 잘 어우러진다. 생크림이야 원래 맛있는 것이고, 거기에 레몬 껍질을 직접 갈아내 만든 레몬 제스트까지 더해지니 풍미가 한층 돋는다.

— 맛이 어때요?
— 그냥 하는 말이 아니고 너무 맛있어요! 레몬향이 진하고 좋은데요?
— 하하, 다행이네요. 저희가 그때그때 신선한 레몬 사서 껍질을 바로 갈아내거든요. 별거 아닌 것처럼 보이는데 손이 아주 많이 간답니다.

크로플 한 조각이 금세 사라졌다. 나는 이 메뉴가 왜 1,700원이나 비쌀 수밖에 없었는지 바로 이해했다.

***

겉모습만으로 값어치를 판단하기 일쑤이고, 효율이 최고의 가치인 세상이다. 인생마저도 효율적으로 사는 것이 성공처럼 여겨지는 사회는 사람들에게 빠른 선택을 강요한다. 대상을 깊이 있게 관찰하고 음미할 수 있는 여유는 사치다.

식사 시간조차 빠듯해서, 직장인들이 선호하는 식당은 음식이 빨리 나오는 식당이다. 또 그런 식당은 대부분 회전율을 높이기 위해 공장에서부터 이미 조리되어 나온 인스턴트 음식을 겉모양만 그럴싸하게 꾸며 내어놓는다. 그렇다고 값이 싸지도 않다. 사실 음식이야말로 충분한 시간을 가지고 가치를 판단해야 하는 대상인데도 말이다.

음식의 맛은 좋은 재료와 그것을 다루는 요리사의 정성으로 결정된다. 정성이 들어간 음식과 그렇지 않은 음식은 맛에서 확연히 차이가 난다. 그 맛은 속일 수가 없다.

인스턴트 국밥 한 그릇이 배를 더 부르게 하는 것은 사실이지만, 때로는 정성으로 만든 맛있는 빵 한 조각이 위장을 넘어선 마음의 만족감을 주기도 한다. 8,000원을 내고 조미료 맛밖에 안 나는 엉터리 김치찌개를 먹을 바에야, 신선한 재료가 풍성하게 들어간 7,000원짜리 샌드위치를 먹는 편이 훨씬 낫다. 단순한 등가 개념으로 '빵 쪼가리가 밥값만큼 비싸네'라고 쉽게 판단할 일이 아니라는 뜻이다.

나 또한 소비자의 한 사람으로서, 좋은 음식이 저렴하기까지 하면 더 바랄 것이 없다. 하지만 내가 생산자의 입장이라면 들어간 노력만큼의 값어치를 인정받고 싶은 마음도 있을 수밖에 없으리라.

수요 공급의 법칙에 따라 적정 가격을 맞추어가는 시장의 논리 속에서, 누군가의 노력과 정성의 가치가 같이 반영되고 그것이 정당하게 매겨지는 세상이 될 수는 없을까. 간단하지만 결코 가볍지 않은 이 진리가 당연하게 받아들여진다면, 조금은 더 공정한 사회가 되지 않을까.

사회니 경제니 하는 머리 아픈 얘기는 차치하고, 나

는 그저 이웃가족의 디저트 가게가 오래오래 그 자리를 지키길 바란다. 그들이 정성스레 만드는 맛있는 디저트들을 오래오래 맛보고 싶다.

한 모금의
여유

나는 커피 중독자다. 밤 10시에 아메리카노를 원샷 때리고도 꿀잠이 가능하니, 정확히는 '커피에 최적화된 인간'이라고 할 수 있겠다. 출근하면 일단 아이스커피부터 한 잔 들이붓고 난 후에야 무슨 일이든 시작할 수 있다. 휴일에는 카페까지 가기는 귀찮아서 한 박스씩 쟁여놓은 인스턴트커피를 얼음물에 타 먹는다. 밍밍하긴 해도 어쨌거나 커피는 커피였고, 바깥에서 사 먹는 것에 비하면 금액적인 부담이 확실히 덜했으니까.

　그러던 어느 날, 인스턴트커피에 확 싫증이 나고야 말았다. 특별한 이유는 없었다. 뭔가 커피 비스무리한 맛은 나는데 향이라고는 조금도 느껴지지 않는 것이 문득 크게 와닿았다. 그날 나는 남아 있던 인스턴트커피를 죄다 쓰레기통에 버렸다. 하루에 한 잔만 마시더

라도 '커피맛 물'이 아닌 진짜 '맛'이 있는 커피가 먹고
싶었다.

그렇게 드립커피의 매력에 빠졌다. 한 달이 조금 지
나자 '이번에는 또 어떤 원두를 사 볼까?' 하고 2주마다
행복한 고민을 하고 있다. 이제는 식사를 마치고 나면
설거지하기 전에 원두부터 가는 것이 습관이 되었다.

분쇄된 원두를 사는 방법도 있지만, 굳이 팔 힘을 써
가며 수동 그라인더로 원두를 갈아낸다. 그 행위 자체
가 나에게는 작은 즐거움이다. 은은하게 번지는 고소
한 향을 맡고 있자면, 우울했던 기분도 한결 나아진다.
어느 순간 원두 보관통에 코를 박은 채 킁킁대고 있는
나를 발견하기도 한다. 담배 한 모금을 빨았을 때의 기
분이 이런 것이라면, 애연가의 마음도 조금은 이해할
수 있을 것 같다.

여과지 한쪽을 정갈하게 접어 드리퍼에 잘 끼우고,
곱게 갈린 원두가루를 여과지에 털어낸다. 포트에는
80도가 조금 넘는 온수를 미리 담아두었다. 날렵한 주
둥이를 통해 흐르는 뜨거운 물이 여과지를 적신다. 바
깥쪽에서부터 안쪽으로 천천히 원을 그려가니 편편하
게 깔려 있던 원두가루가 머핀처럼 부풀어 오른다. 그

가운데 어느새 하얗게 크레마가 인다. 나를 위한 맛있는 커피가 완성되었다.

***

내 인생의 첫 드립커피는 남편(당시 남자친구)의 작품(?)이었다. 우리가 연애하던 시절, 그의 집에 놀러 가면 종종 커피를 내려주었다. 그가 나에게 커피를 내릴 줄 안다며 처음으로 얘기한 날이—정확히는 그 말 뒤에 그가 꺼내놓은 장비들이—지금도 생생하게 떠오른다.

얼마나 혹사를 당했는지 삐걱거리며 돌아가는 작은 수동 그라인더부터 여기저기 스크래치가 난 플라스틱 드리퍼까지, 이걸로 정말 커피를 만들 수는 있는 건지 의심스러울 정도로 죄다 볼품없이 낡은 장비들이었다.

하지만 놀랍게도 그가 내린 커피 맛은 여느 전문 바리스타 못지않았다. 여유 있는 손놀림으로 능숙하게 포트를 돌려가며 일정한 양의 물을 따라내는 모습이 어찌나 멋있어 보이던지. 그때 내 눈에 콩깍지가 씌었다면, 그건 분명 커피콩깍지였을 것이다.

한동안 남편의 손때가 묻은 낡은 드립 용품을 빌려

쓰다, 참다못해 '인생은 템빨'이라며 내 전용으로 하나둘 장비를 장만하기 시작했다. 그라인더고 드리퍼고 찾아보니 예쁜 디자인이 어찌나 많은지.

버튼 하나만 누르면 금세 원두가 갈리는, 휴대하기 좋은 사이즈의 자동 그라인더에도 눈길이 갔다. 확실히 편해 보이기는 했으나 굳이 또 불편한 아날로그를 지향하는 나로서는 수동 그라인더로 직접 갈아내는 원두의 맛과 향이 왠지 더 매력적으로 다가왔다. 무엇보다 아무 생각 없이 그라인더 손잡이를 돌릴 때, 그 찰나의 여유가 좋다. 핸드드립 커피를 마신다는 것은, 바쁜 일상 속 나에게 잠시간의 휴식을 선물하겠다는 뜻이기도 하다.

어떤 이들은 스타벅스 커피나 인스턴트커피나 눈 가리고 마시면 구분도 못한다고 말한다. 그러니 까탈 부릴 것도 없이 아무 커피나 마시라고 말이다. 나도 처음에는 그렇게 생각했다.

'사향고양이가 똥 싼 원두쯤 되는 거 아니고서야 커피가 거기서 거기지, 뭐.'

길을 가다 스타벅스와 빽다방이 있으면 빽다방을 선택하던 나였다. 하지만 이제는 드립의 맛에 눈떴다. 술보다 커피를 더 많이 마신 사람으로서 말하건대, 커피 맛을 안다는 것은 단순히 내 입맛이 고급인지, 내 미각이 뛰어난지를 판단하는 기준이 아니다. 지금 내 입으로 들어가는 이것이 무엇인지조차 인지할 새도 없이 바쁘게 돌아가는 일상에서 커피 한 모금을 천천히 음미하고 그 안에 들어 있는 맛과 향을 온전히 느낄 수 있다니, 이 얼마나 멋진 축복인가. 우리에게는 지금, 그냥 커피가 아닌 드립커피 한 잔의 여유가 필요하다.

배보다
마음이 고픈
당신에게

첫 에세이 『누구나 그렇게 서른이 된다』를 출간한 지도 벌써 4년이 흘렀다. 비혼을 외치던 서른 살 꼬꼬마(?)는 유부녀가 되었고, 평생을 함께하기로 약속한 짝꿍과 함께 이른 귀촌을 준비하고 있다.

세월이 참 빠르다. 아직도 '어른'이라는 역할이 어색하기만 한데 마흔, 쉰, 예순이라는 나이도 생각보다 금방 찾아올 것 같은 기분이다. 결혼식을 올리던 날, 많은 이 앞에서 맹세했다.

아름다운 꽃길은 물론 상처투성이의 가시밭길 위에서도 당신의 손을 놓지 않겠습니다. 따뜻한 햇볕이 내리는 맑은 날이든 비바람이 몰아치는 궂은 날이든 흔들림 없이 묵묵히 당신의 곁을 지키겠습니다.

무슨 일이 있어도 서로의 편이 되어주겠다고, 오늘 이 자리에서 약속한 지금의 가장 순수했던 마음을 잊지 않고 의리 있게 사랑하며, 오래오래 당신의 가장 가까운 벗이자 평생의 반려로 남겠습니다.

그럴듯하게 서약은 했으나 구체적으로 어떻게 해야 이 다짐을 실천할 수 있을까. 한동안 나의 최대 관심사는 '부부로서 어떤 모습으로 나이 들어갈 것인가'였다. 누군가는 평생에 걸쳐서도 답을 얻을까 말까 한다는 이 질문에 대한 해답을, (운이 좋게도) 결혼식 이튿날 떠난 신혼여행에서 찾을 수 있었다.

우리가 신혼여행지로 선택한 곳은 평창의 작은 시골 마을이었다. 숙소로 예약해놓은 민박집에 도착하니 어느새 하늘이 온통 진분홍빛으로 물들어 있었다. 11월의 마지막 주말, 초겨울의 하루는 확실히 짧다. 아무 계획 없이 이곳으로 떠나와 긴 밤을 맞이할 일만 남은 우리는 민박집 사장님이 추천한 근처 카페를 가보기로 했다.

나무향과 커피향이 묘하게 어우러지는 카페는 오래된 시집을 닮았다. 카페 안에서는 시인처럼 보이는 백

발의 신사분이 커피를 내리고 있었다. 마지막 손님들이 막 떠났을 무렵, 때마침 민박집 사장님이 우리를 찾아 카페에 들렀다. 비슷한 관심사를 가진 네 사람이 모이니 금세 도란도란 이야기꽃이 피어났다. 우리는 커피, 음악, 책, 시골살이에 대한 이야기를 나누었다.

신혼여행이랍시고 이 산골짜기까지 찾아온 햇병아리 부부가 귀여워(?) 보였는지, 카페 사장님이 다음 날 점심식사에 우리를 초대했다. 오늘 처음 본 낯선 이들을 선뜻 집으로 들이는 노신사의 파격적인 행보에 머뭇거린 것도 잠시, 숙소에서 가장 가까운 식당이 10킬로미터나 떨어져 있다는 사실을 상기하고는 재빠르게 초대에 응했다.

약속 시간에 맞춰 카페 사장님 집으로 향했다. 그의 집은 카페 건물과 바로 붙어 있었다. 외관도, 내부도 마치 일본 드라마 〈심야식당〉 같은 분위기가 물씬 풍기는 것이, 가정집이 아니라 3대째 이어오는 전통일식 요릿집에 온 기분이었다. 어르신들 사시는 집이 이렇게 힙(?)한 것은 또 처음 보는지라, 실례인 걸 알면서도 자꾸만 고개를 기웃거리게 되었다.

"실례하겠습니다."

신발을 벗고 들어가자 바깥 공기와는 전혀 다른 훈훈한 기운이 반긴다. 카페 사장님의 아내분(글을 쓰고 그림을 그리는 작가라 작가님이라고 불렀다)이 분주한 가운데도 차분하게 요리를 만들고 계셨다. 식사 초대라고 해서 이미 다 차려진 4인 밥상을 생각했는데, 이게 웬걸? 오픈 주방 형태의 바(bar) 자리에 2인용 식기만이 가지런히 놓여 있는 것이 아닌가.

얼떨떨해하는 우리를 자리로 안내해준 사장님은 바 안쪽으로 들어가시더니 작가님의 일을 자연스레 거들었다. 마치 한 몸처럼 손발이 척척 맞는 두 분의 호흡을 보고 있자니 나도 모르게 미소가 지어졌다.

정갈하게 차려진 식탁에선 노부부의 인품이 그대로 묻어났다. 부지런한 사장님이 오늘 아침에 직접 도정한 쌀로 지어낸 밥은 보통의 밥과 윤기부터가 달랐다. 지금껏 내가 먹은 밥은 밥도 아니었다. 갓 도정한 쌀밥의 맛은 그간 내가 알고 있던 '쌀밥'의 정의를 완전히 바꾸어버렸다. 맨밥만 떠먹는데도 여느 고급 요리를 맛볼 때와 다름없는 미각의 즐거움이 느껴졌다.

밥과 반찬의 조화도 환상적이었다. 알감자조림과 배추겉절이, 멸치볶음, 깔끔한 육수의 된장국까지 각각의 개성이 뚜렷하면서도 반찬 하나하나가 밥맛과의 조화를 완벽하게 이루었다. 조미료를 일절 쓰지 않고 오로지 자연에서 난 재료로만 만든 반찬들은, 자극적인 맛이 전혀 없는데도 입맛을 돋우기에 충분한 풍미가 있었다.

그 외에도 작가님이 손수 만든 갖가지 요리가 식사 속도에 맞추어 코스처럼 나왔다. 생각지도 못한 귀한 대접에 꿈인지 생시인지 연신 서로의 얼굴을 바라보며 눈만 깜박였다. 원래대로라면 우리 부부는 어젯밤에 시내 편의점에서 사 온 인스턴트식품으로 점심을 때울 예정이었다. 그 이야기를 들은 작가님이 말했다.

"속이 따뜻하고 편해야 여행이고 인생이고 잘 헤쳐 나갈 수 있는 거야."

노부부는 당신들의 개인적인 이야기는 거의 꺼내지 않았다. 궁금한 게 많았지만, 구태여 묻지 않았다. 오늘 이 한 끼의 식사는 이제 막 새로운 출발을 앞둔 새

내기 부부에게 주는 노부부의 애정 어린 응원이자 선물이었다. 그러니 그 의미를 해석하는 것은 우리 두 사람의 몫일 테지. 2시간의 짧지 않은 식사 시간은 조금의 어색함도 없이 내내 온기가 가득했다.

'우리도 그들처럼 나이들 수 있을까. 서로에게는 척하면 척인 가장 가까운 벗으로, 타인에게는 다정한 어른으로 말이야. 내가 뜨거운 물에 된장을 풀고 있으면, 말하지 않아도 당신은 알아서 두부를 써는 거야. 우리가 만든 된장찌개로 허한 속을 달랠 누군가를 위해서.'

각기 다른 재료들이 만나 하나의 맛으로 어우러지듯 우리 두 사람도 세월이 흘러감에 따라 서로가 서로에게 조금씩 물들어가겠지. 그래, 인생이 뭐 별건가. 백발이 되어서도 누가 먼저랄 것 없이 다정하게 밥상을 차리고 갓 지은 쌀밥 한 술 크게 떠서는 도란도란 이야기를 나누는 나날이 오래오래 이어지기를, 다만 바랄 뿐이다.

그리고 조금 더 욕심을 내본다면 노부부의 나이쯤

되었을 때 내 요리 솜씨도 조금은 늘어서, 지금의 우리처럼 애정 어린 응원이 고픈 이들에게 따뜻한 밥 한 끼 대접해줄 수 있기를 바란다.